W0270904

btb

Aus Freude am Lesen

Katharina Eyssen · Alles Verbrecher

Katharina Eyssen

Alles Verbrecher

Roman

btb

Für meine Eltern

1

Mein Großvater hat immer behauptet, er habe Catherine Deneuve geküsst. In Paris sei das gewesen, im Fahrstuhl, in einem ganz feinen Hotel mit roten Teppichen auf den Gängen. In einem engen Fahrstuhl, einem rauchigen Hotel mit Kronleuchtern in schwindelerregender Höhe.

Im Erdgeschoss sei eine Bar gewesen mit einem besengeraden Barkeeper, der am Wochenende Wetten entgegennahm und, selbst dort, den richtig guten Schnaps unterm Tresen versteckte. Das hat mein Großvater gesagt.

Ich habe mir oft vorgestellt, selbst durch die langen Flure des Hotels zu laufen, wenn er davon erzählte. Das erste Mal als sehr kleines Mädchen, barfuß im Schlafanzug, später in Jeans. Und auch jetzt noch, auf Zehenspitzen die Treppen hinauf, die Hand am angelaufenen Geländer.

Ich bin immer in den Klamotten unterwegs, die ich gerade trage, wenn ich anfange, es mir vorzustellen. Heute im schwarzen Rock, dicken Strumpfhosen und meinen alten Stiefeln, die meine Mutter aus Amerika mitgebracht hat, als ich noch dachte, sie wäre tatsächlich einmal in Amerika gewesen.

*

Bis zur Nase stecke ich in meinem dunklen Mantel, den Lisa immer den »alten General« nennt, wenn ich ihn anziehe.

»Frau General!«, sagt sie, salutiert in unserer Küche, die Haare bis zur Mitte ihres schmalen Rückens, nur in Unterhose, mit der Kaffeekanne in der Hand. Dann gehe ich.

Zwei Stunden später, auf dem Rückweg in der S-Bahn, lehne ich meinen Kopf gegen die zerkratzte Scheibe und verschränke meine Arme. Seit dem Flughafen schon denke ich an das Hotel und an meinen Großvater. Ich habe lange nicht an ihn gedacht, aber seit dem Anruf des Hausmeisters aus Caracas vor zwei Wochen kann ich kaum etwas anderes tun.

*

Catherine Deneuve. Ich habe ihn nie gefragt, ob er sie schon vor dieser Nacht gekannt hat oder ob sie sich danach jemals wiedergesehen haben. Ich weiß auch nicht, was sie miteinander gesprochen haben, aber ich weiß, dass mein Großvater fließend Französisch sprach. Und Italienisch. Und Russisch und Spanisch. Er sprach die Sprache jeder Kneipe und der meisten Frauen. Wenn er Spanisch sprach, dachte ich an Caracas und die riesigen ausgeblichenen amerikanischen Werbeplakate, als ob ich sie selbst einmal gesehen hätte. Wenn er Russisch sprach, dachte ich an den kalten Winter, den er einmal bei uns im Gästezimmer auf der geblümten

Ausziehcouch verbracht hat. Ich habe ihn nie schlafen gesehen. Er hatte meistens nur am Fenster gesessen, mit der Zeitung in der Hand. Wie eingefroren, regungslos, sein Blick konzentriert auf die Zeilen. Ein Zigarillo im Aschenbecher, und ich in Hausschuhen im Türrahmen.

Italienisch sprach er einmal an einen heißen Sommertag in München im Straßencafé. Ich trug ein Kleid, an dem ich an jedem anderen Tag herumgezerrt hätte. Blau, großschleifig. Meine Mutter hatte es von irgendwoher mitgebracht. Sie saß auf dem Sofa, in kurzen Jeans und Socken, während ich das Kleid anprobieren musste. Sie rauchte Marlboros und schüttelte ihre Locken.

»Dein Vater zieht dir immer nur Hosen an, dabei steht es dir so gut.«

Ich musste das Kleid anziehen, aber sie kam nicht mit, meinen Großvater zu treffen.

Der Tag war klar und hellgrün, und die Gebäude auf der Ludwigstraße sahen noch ein bisschen zitroniger aus als sonst, fand ich, trotz Kleid. Mein Großvater saß auf einem der Plastikstühle, die Beine übereinandergeschlagen, so dass sein Körper ganz schmal wirkte. Ich aß ein Eis aus einem hohen Glas, das mir den Blick auf ihn versperrte, und er sah sich die Leute an, die vorbeiliefen. Er trug dünne Lederschuhe, ohne Bänder, eine Leinenhose mit Bügelfalte, ein blaues Jackett und einen Hut, der, während ich mein Eis löffelte, auf seinen Knien ruhte.

*

Ich schrecke auf, als die S-Bahn anhält, und stehe auf, als wollte ich aussteigen. Dabei halten wir mitten auf einem Feld. Ich bin fast ganz allein im Wagen. Es ist Mittwochmittag an Allerheiligen. Irgendwo zwischen meinem kühlen Bett heute früh und der gepuderten Flughafenmitarbeiterin von vorhin hat es angefangen zu schneien. Ich denke an ihr Lächeln und daran, wie sie gleichzeitig mit dem Lächeln um Verzeihung gebeten hatte.

»Da muss wohl ein Missverständnis vorliegen; das tut mir sehr leid.«

Dann verwies sie mich an weitere Dienststellen im Flughafen. Büros und Flure hinter Schwingtüren, die ein normaler Reisender nicht sehen kann. Aber ich war kein normaler Reisender – nicht heute. Also wartete ich in der Abflughalle, ein paar Meter entfernt von der Gepuderten, und sah mir die Abflüge an. Ich wollte ja nur etwas abholen, doch das klappte nicht. Und das tat allen leid, das habe ich gemerkt.

Die Dame am Schalter war ständig dabei, etwas in den Computer einzutippen, selbst als sie sich noch einmal entschuldigte. Und auch dem nächsten Mitarbeiter, der schnell vor mir hergerannt war, mit einem Funkgerät in der Hand, hatte es leid getan. Ich hatte ihm nur im Stolperschritt folgen können.

»So etwas darf natürlich nicht passieren, es tut mir sehr leid, dass Sie auch noch Unannehmlichkeiten haben. Es ist wahrscheinlich schon schwer genug.«

Ich ahnte, was er mir sagen wollte, fand es aber gar nicht so schlimm. Nur eine Zigarette hätte ich gerne gehabt.

Die S-Bahn steht immer noch, ein junger Mann in Malerkleidung, farbbekleckste weiße Hose, schnippt sein Feuerzeug. Vielleicht fährt die S-Bahn nie mehr weiter, denke ich, und ich muss mit ihm reden. Ich stelle mir vor, ihn anzusprechen. Vielleicht kippen wir das Fenster, warten und rauchen eine zusammen. Ich starre ihn an, seine festen, kurzen Haare, die blasse Haut. Er betrachtet seine Hände, dreht weiter am Rädchen des Feuerzeuges, lässt kleine Funken sprühen. An einem Feiertag, denke ich. Der Schnee hat die erdigen Felder schon mit einer dünnen Schicht überzogen.

*

Catherine Deneuve. Ich kann mir eigentlich nicht vorstellen, wie das funktioniert haben soll. Mein Großvater war ein kleiner Mann, der den meisten Frauen nicht mal bis zur Schulter reichte. Er saß lieber. In jeder Kneipe war er stets ganz hinten zu finden. Ob in der kleinen hinterm Theater, die er gern besuchte, ohne vorher in der Vorstellung gewesen zu sein, oder in der Oyster Bar in New York – er saß immer ganz hinten auf einer Eckbank aus Leder. Der Zigarillo im Aschenbecher, ein Glas auf einer quadratischen Serviette auf dem Tisch vor ihm.

Ich konnte mir nie erklären, was er trank. Das Glas war für mich wie leer. Zwei Eiswürfel und eine klare, leicht bräunliche Flüssigkeit. Immer nur so wenig, dass ich annehmen musste, es wäre das teuerste Getränk auf der Welt. Aber er trank davon ein paar an einem Abend. Ich bekam Cola, wir stießen an, und wir taten so, als tränke ich auch Alkohol.

Heute tue ich nicht mehr so, denke ich, ganz im Gegenteil. Vielleicht wäre er stolz auf mich.

*

»Dein Großvater war ein Verbrecher.« Das sagte meine Urgroßmutter Alma immer und schnitt sein Gesicht mit einer winzigen Nagelschere aus den Fotos, in ihrem engen Haus in Oberbayern, am Wald, sonntags, wenn wir um den Couchtisch saßen. Eigentlich saßen nur meine Urgroßmutter und ich, während meine Mutter am Fenster stand und rauchte, in einer Hand den gelblichen Vorhang.

»Dein Großvater war ein Verbrecher.«

Wenn er zu Besuch kam, beobachtete ich ihn. Was er anhatte, wie er mit den Leuten sprach. Er trug sein ganzes Geld immer in bar mit sich. Er glaubte nicht an Schecks oder Kreditkarten oder Überweisungen. Ich weiß nicht, ob er überhaupt jemals ein Konto besessen hat, jedenfalls hat er nie darüber gesprochen. Ich weiß nur, dass er damals, nach dem Krieg, eine unglaubliche Summe Steuern hinterzogen hat und vor der Polizei geflüchtet war. Meine Urgroßmutter mit der Nagelschere, seine Schwiegermutter, hat ihn dann an Interpol verraten. Deshalb musste er nach Südamerika flüchten.

»So ist es nicht gewesen«, widersprach meine Urgroßmutter, ohne dass man sie angegriffen hatte. »Dein Großvater ist weggelaufen. Einfach weggelaufen. Was für ein Mann ist das, der wegläuft?«, hat sie gefragt und mich dabei ganz fest angesehen. Es war, als würde sich der Vorhang vor ihren Augen zum ersten Mal heben. Sie hatte mich angesehen, als wolle sie darauf eine Antwort haben, aber ich konnte nur mit den Schultern zucken.

Mein Großvater trug sein ganzes Geld immer in großen Scheinen mit sich herum. Zusammengehalten von einer Geldklammer.

Den einzigen Tausend-Mark-Schein, den ich jemals gesehen habe, hatte er dabei. Ich war sechs und saß in unserem Gästezimmer auf der Fensterbank, er vor mir auf dem Stuhl, und ich hielt den Schein in den Händen, groß wie ein Schulheft. Damit kann man alles machen, stellte ich mir vor. Die ganze Eisdiele kaufen oder Flugtickets.

Den ganzen einen Winter über, den er bei uns verbracht hatte, begleitete ich ihn bei seinen Erledigungen. Und er bezahlte alles in bar. Seine Anzüge, die er sich in einem kleinen Laden anfertigen ließ, die Spaghetti für mich in der Pizzeria, Möbel, Antiquitäten.

Er war wegen einer Augenoperation nach Deutschland gekommen. Beim Arzt, nach der Voruntersuchung, holte er einen schweren Umschlag hervor und legte ihn freundlich auf den Behandlungstisch. »Die Hälfte vorher, die andere hinterher, wenn die Operation gelungen ist.«

Dann setzte er sich seinen braunen Hut auf und gab dem Arzt die Hand.

*

Catherine Deneuve. Ich schließe die Augen und stelle es mir vor. Es ist wie immer die Welt, die ich besser kenne als die, die mich umgibt. Eine Bar, in der gedämpfte Musik läuft, so versteckt, dass man alle paar Minuten von einem Ton überrascht wird. Niedrige Stühle, eine Ecke, perfekt für meinen Großvater.

Die S-Bahn fährt wieder los. Erst langsam, metallisch pfeifend, dann schneller. Das Feld fliegt an mir vorbei. Der Schnee ist dichter geworden, tanzt weiß vor weißem Himmel.

Ich hätte ihn abholen sollen, also das, was noch von ihm übrig geblieben ist.

*

Der Hausmeister hatte am Telefon gesagt, man dürfe keine Leichen herumliegen lassen. Nicht mehr als einen Tag, wegen der Krankheiten. Das sei so in Venezuela, und in Südamerika überhaupt. Ich versuchte mir vorzustellen, während ich im kalten Zigarettenrauch durch das Fenster in unseren Hinterhof blickte, wie er dalag. Ich war nie in Südamerika gewesen, aber ich konnte sehen und riechen, wie es dort stank und rötlich dampfte. Wie Autos in sein Zimmer hinaufhupten und ein Ventilator in der Ecke hin und her schnurrte. Wie er dalag, stellte ich mir vor, und dass er seine Leinenhose trug und den blauen Blazer.

Doch wer stirbt schon in einem blauen Blazer? Aber dieses Land, die ölige Stimme des Hausmeisters, die Palmen – alles kam mir so weit weg vor, dass alles möglich schien. Fest stand, dass er in Deutschland auf dem jüdischen Friedhof beerdigt sein wollte. Das jedenfalls behauptete der Hausmeister, nicht ohne Stolz, als ob sie seit Jahren befreundet gewesen wären. Aber vielleicht war auch das nur eine Erfindung, denn auf diesem Friedhof waren wir nie gewesen, keiner von uns.

Ich war noch lange am Fenster gestanden nach dem Telefonat und hatte gewartet, bis die Sonne untergegangen war und alles dunkelgrau in unserem Wohnzimmer. Warum er bei mir angerufen hatte und nicht bei meiner Mutter, konnte ich mir nicht erklären. Also überlegte ich, was mein Großvater wohl getan hätte an so einem Tag.

Ich zog mein grünes Kleid an, weckte Lisa auf, die im Bett lag, ein Bein aufgestellt, und wir zogen los, betranken uns, bis ich morgens um vier im Englischen Garten in den Sträuchern hängenblieb.

*

München hat im November sehr wenig mit Caracas zu tun, denke ich, während die S-Bahn in einen Vorortbahnhof einfährt. Mein Mitfahrer mit den Malerklamotten steigt aus, ich sehe ihm hinterher, beobachte, wie er hinter der Böschung verschwindet. Wie so oft frage ich mich, wenn ich wo noch nicht war, so wie hier, wie es wäre, dort zu leben. Genauso wie ich mir oft vorgestellt habe, in Südamerika zu leben. Aber ich habe so wenig mit meinem Großvater zu tun, denke ich und sehe dabei meine Urgroßmutter vor mir, wie sie ganz schnell mit der kleinen Schere wedelt, hinter dem Eierlikör.

»Dein Großvater war ein Lügner.«

*

Ich war vierzehn, als er mir zum ersten Mal von der Bar in New York erzählte. Ich half ihm, seine Hosenträger anzuziehen, in einem Hotelzimmer in München. Er hatte eine Verabredung bei der Bank, zu der ich ihn begleiten sollte. Er erzählte mir von New York und der Bar in dieser bestimmten Straße. Ich hörte ihm genau zu, um sie später irgendwann finden zu können. Mein Großvater schmierte sich ein wenig gelbe Pomade in seine letzten dunkelgrauen Haare und schloss den obersten Knopf seines Hemdes.

»Von der Ecke kannst du die Houston Street sehen. Und ein Pastrami-Sandwich bestellen.«

Die große Falte an seinem Hals wurde nach oben gedrückt. Mein Großvater lachte kurz, was sich bei ihm anhörte wie ein heiseres Pfeifen.

»Versprich mir, dass du da mal eins von den Sandwichs isst.«

*

Als ich aus der S-Bahn steige, habe ich den Flughafen schon beinahe wieder vergessen. Nur die Zigarette nicht. Also beschließe ich, das letzte Stück nach Hause zu laufen, anstatt die Straßenbahn zu nehmen. Ich habe keine Handschuhe dabei, und der Wind macht mir das Rauchen schwer.

Ich drängle mich in den Eingang vom Hertie, um zwischen meiner Handtasche und dem alten Generalsmantel die Zigarette anzuzünden. Als mein Feuerzeug aufblitzt, denke ich an New York, nur ganz kurz. Dann, während ich den gefrorenen Grünstreifen auf der Straße überquere, meine alte Schule hinter der Schnellstraße sehe, wieder an Catherine Deneuve. Ich sehe sie, wie sie an der Bar sitzt und wartet. Sie wippt leicht mit dem Fuß, schlank und blass das Bein, und mein Großvater sitzt in der Ecke und grinst.

Nächste Woche kommt die Urne, es war ein Missverständnis. Mein Großvater hebt sein Glas. Ich habe es ihm versprochen.

2

Ich stehe in der Nähe der Wohnungstür, als ob ich noch gar nicht richtig angekommen bin. Es ist voll im Flur, und immer wieder werde ich gegen die Wand gedrückt. Mein Mantel hängt über dem Arm. Ich habe ihn nicht weggelegt. Aus dem Treppenhaus kommt es eisig kalt. Die Leute riechen nach nassen Hunden und Straßenbahn; sie freuen sich, wenn sie reinkommen, und gehen an mir vorbei.

Lisa stößt mich an. Ob wir wieder gehen wollen, fragt sie, wartet aber nicht ab, was ich antworte, sondern lehnt sich an die Wand neben mich. Sie hat mir einen Drink mitgebracht, etwas in einem durchsichtigen Plastikbecher, der in meiner Hand laut kracht und sofort einen Riss bekommt. Die klebrige Flüssigkeit läuft mir über das Handgelenk, sie lässt mir keine Wahl. Auf einen Zug habe ich den Becher leergetrunken und lecke den Rest von meinen Fingern.

»Rum mit Cola«, sage ich zu Lisa, und die zuckt mit den Schultern.

»Etwas anderes gab's grad nicht.«

Die Party ist in einer Wohnung, in der fünf Leute leben, jeder in einem Zimmer entlang eines schlauchigen Gangs.

An der Wand uns gegenüber hängt ein Putzplan, und an der Tür ein Filmplakat. Bei Lisa und mir zu Hause hängt im Flur ein Foto von meiner Mutter in Cowboystiefeln. Da sitzt sie auf der Motorhaube eines alten Mercedes und trinkt aus einer Coladose mit einem Strohhalm. Ich muss meine Mutter anrufen, denke ich und stelle mir vor, wie sie in ihrem Wohnzimmer in Frankreich sitzt und schon darauf wartet. Sie hat die Haare hochgesteckt, trägt Jogginghosen, das Gesicht schläfrig, und sie wartet.

»Das glaube ich denen nicht«, sage ich zu Lisa und zeige auf das Poster, und sie weiß, was ich meine.

Die Leute stehen dicht gedrängt, tragen enge Jeans und Lederjacken, Seitenscheitel und flache Schuhe. Die Frauen haben Bier in der Hand, und alle schreien sich gegenseitig ins Ohr. Ich bin zu gut angezogen, weiß ich. Ich trage ein Kleid aus fließendem Stoff und Ohrringe. Lisa hat mir die Haare geflochten, während wir in unserer Wohnung Monopoly gespielt und Fleetwood Mac gehört haben und überzeugt davon waren, dass es sich heute lohnen würde.

Ich kann nicht singen, denke ich, wenn ich eins nicht kann, dann singen. Das konnte ich noch nie, auch kein Instrument spielen. Ich wünschte, ich könnte etwas vorführen, einfach so. Die Leute würden mich dann bitten, spontan, weil sie wüssten, dass ich so virtuos bin. Und ich würde etwas singen oder auf dem Klavier spielen. Stattdessen trage ich durchsichtige Strumpfhosen aus dem Laden an unserer Ecke. Richtige, aus Seide, die ich gekauft habe anstelle von Glühbirnen.

Ich lehne mich gegen eine meiner Handflächen und fahre mit der anderen Hand meinen Oberschenkel hinauf. Glatt, fast glitschig ist meine zweite Haut. Mit einem Fuß rutsche ich ein bisschen aus den Schuhen und bewege die Zehen, reibe meine Unterschenkel aneinander, wie eine Grille.

In der Wohnung kann man sich nirgends hinsetzen, aber die anderen stört das nicht, nur mich. Ich würde mich gerne irgendwo hinsetzen, damit ich nicht so aussehe, als warte ich auf jemanden. Obwohl ich auf gar nichts warte, höchstens auf ein bisschen Staub aus Südamerika, aber wer soll das verstehen, wenn ich es ja selbst nicht verstehe?

Ich will, dass jemand meinen Blick hält und nicht mehr woanders hinsehen kann. Und vielleicht eine Tür verfehlt oder sich richtig wehtut, weil er eine Treppe hinunterfällt.

Eine Frau mit Rucksack steigt mir auf den Fuß. Ich schreie ein bisschen auf und lege die Stirn in Falten, obwohl es gar nicht so wehgetan hat. Das merkt sie auch. Sie sieht mich an, das Kleid, das besonders, und entschuldigt sich nicht. Ich sehe zu Lisa, die es jetzt macht wie die anderen und einem Mann ins Ohr schreit, der gut aussieht, wie ich finde, und der mich in meinen Strumpfhosen noch nicht angesehen hat.

Lisa erzählt wahrscheinlich von den Videos, die sie dreht, den vielen kleinen Kassetten, die sich in unserer Wohnung im kalten Zigarettenrauch unter der Treppe stapeln. Sie erzählt von all den Sachen, die sie machen will, während ihre glatten Haare über ihre Schulter nach vorne fallen.

Morgens, wenn ich in die Bibliothek gehe und durch den

matschigen Schnee in unserem Hinterhof laufe, bleibt sie zu Hause, steht am Fenster und winkt ausladend, als säße ich auf einem Schiff, das gerade den Hafen verlässt. Wenn ich dann in der U-Bahn sitze, macht sie sich Kaffee, glaube ich. Sie liest die Zeitung, und später geht sie raus. Abends zeigt sie mir, was sie gefilmt hat: die Männer an der Hähnchenbude vor dem Supermarkt, unsere Nachbarn, wenn sie sich küssen, oder sich selbst in einem Brautmodengeschäft, wie sie sich ein Kleid aussucht und sich beraten lässt. Dabei sitzen wir meistens auf dem Boden, Lisa spult vor und zurück, und ihre Augen glänzen, so wie jetzt. Ich sehe ihr zu, wie sie redet, schnell und sicher, über ihr Leben, das nur aus ihr selbst besteht und von dem sie so überzeugt ist.

*

Catherine Deneuve sitzt auf einer Treppenstufe und raucht, einen Aschenbecher neben sich. Ein Hotelpage eilt an ihr vorbei die Stufen hinauf. Er bleibt stehen und stellt ihre Schuhe ordentlich nebeneinander, die sie unachtsam abgestreift hat, doch er sieht sie nicht an. Das tut man nicht, immerhin ist es ja sie, die da sitzt, und nicht irgendwer. Aber träumen kann er von ihr, später, das weiß ja keiner, macht nur jeder.

Catherine lehnt sich zurück, der Teppich sticht ein bisschen in ihre zarten Ellenbogen. Sie gähnt vorsichtig. Sie würde vielleicht von sich selbst träumen, wenn es sein müsste, aber heute Nacht ist das wohl nicht nötig. Es gibt nichts zu schlafen. Sie wartet, bis er zurückkommt, der Unbekannte aus der Bar von vorhin. Irgendetwas wird noch passieren, das weiß sie, denn ihr passiert immer irgendetwas, da muss sie nur hier sitzen bleiben, den Kopf in den Nacken legen und ein paarmal unter dem breiten Lidstrich mit den Wimpern klappern.

»Sie hatte Augen wie ein Reh und Beine wie ein Reh. Aber sie war kein Reh, das wusste sie ganz genau.«

Wenn mein Großvater von Catherine Deneuve sprach, blitzten seine Augen silbrig auf. Von seiner Frau, meiner Großmutter Hanne, sprach er nur ein einziges Mal. Mein Großvater sprach nicht von Hanne, meine Mutter sprach nicht von Hanne, nur meine Urgroßmutter Alma sprach von Hanne, ihrer Tochter, vor allem mit sich selbst. Und immer dann ließ meine Mutter den gelblichen Vorhang los und verließ das Zimmer.

*

Ich bin die Einzige mit einer glitschigen Strumpfhose, also stoße ich mich von der Wand ab, weg vom Filmplakat, und gehe in eines der Zimmer. Mit der linken Hand halte ich mein Kleid ein wenig fest, als befürchte ich, es würde sonst den Boden berühren. Den rechten Arm habe ich eng am Körper, umfasse meine eigene Taille.

Hinter einem halbhohen Regal steht ein breiter Junge, ein kleiner Bruder vielleicht, der die Plastikbecher befüllt und Biere aufmacht. Er ist um einige Jahre jünger als alle anderen hier. Er redet auch mit niemandem, hofft aber immer auf ein kurzes Gespräch, wenn jemand kommt, der ein Bier will. Und wenn dieser Jemand sich gleich wieder abwendet, sagt er nur »kein Problem« oder »alles klar«. Er raucht schnell, zieht sehr oft und schielt die Leute links und rechts an, als würde er alle Gespräche gleichzeitig belauschen. Ich warte, bis er hochsieht, dann gehe ich auf ihn zu und lege meine Unterarme auf das Regal, so dass er meine Handgelenke sieht. Ich halte meine Handgelenke für einen besonders anmutigen Teil meines Körpers, anmutig und unterschätzt.

Während er mir Rum mit Cola mischt, starre ich ihn an, ich will, dass er es bemerkt und nervös wird. Vielleicht kann ich seine Phantasie werden, denke ich. Und wenn er morgen früh aufwacht und noch nicht aufstehen will, da kann er dann an mich denken. Als ich den Becher entgegennehme, streife ich kurz seine Hand.

Er sagt »Rum und Cola« und wischt sich mit dem Daumen über die Stirn, kurz am Haaransatz entlang. Ich quäle ihn, merke ich, nur ein bisschen. Er ist wahrscheinlich erstaunt, dass ich immer noch bei ihm stehe und nicht gehen will. Er kann seinem Glück nicht trauen, denke ich. Dass er mich heute Nacht nackt sehen könnte oder anfassen, ich will, dass er das für möglich hält. Er schiebt eine Hand in seine Hosentasche und trinkt das Bier mit der anderen, leicht dreht er sich in der Hüfte hin und her, vielleicht passt das zum Lied.

»Musst du das den ganzen Abend machen?«, frage ich ihn

und trinke schnell den ganzen Becher aus, der diesmal keinen Riss hat. Er kann es wohl gar nicht fassen, dass ich mit meiner sehr hellen Haut ihn anspreche. Stumm schaut er sich meine Haare an, wie sie über dem Schlüsselbein liegen.

»Ich bin zu Besuch hier«, sagt er schließlich und scharrt mit den Füßen. Dann ärgert er sich: Da spricht ihn eine Frau an, und er sagt, dass er zu Besuch ist. Aber ich verzeihe ihm, denn ich weiß ja, wie es weitergehen wird, ganz egal, was er sagt.

Er ist achtzehn und wohnt noch bei seinen Eltern, die auch die Eltern von Jakob sind, der die Party macht. »Daheim«, sagt er, er wohne noch daheim. Ein Ort im Fränkischen, ich vergesse ihn sofort wieder, und den Namen des Bruders auch. Ich frage ihn weiter aus, ich darf das. Ob er eine Freundin hat, welche Musik er gerne hört, und ich lasse ihn spüren, dass es völlig egal ist, was er antwortet. Er hat keine Ahnung, was ich von ihm will. Er nimmt die Hand aus der Tasche und bewegt sie mutig, wenn er etwas sagt. Er trägt ein weites Sweatshirt, vermutlich weil er ein bisschen dick ist. Wahrscheinlich ist sein Bruder auch dick, und die Gäste sind heute wegen der anderen, der schönen Mitbewohner gekommen. Die ganze Familie ist dick, weil sie nur Nürnberger Bratwürste essen, denke ich.

Ich gehe um das Regal herum und setze mich auf die Fensterbank. Der kleine Bruder schenkt mir nach. Dann lache auch ich einmal über etwas, das er sagt, und er kriecht näher. Mir ist noch nicht langweilig, deshalb habe ich noch nicht entschieden, wann ich aussteigen muss.

»Nächstes Jahr mache ich Abi, dann will ich auch in die Stadt. Vielleicht nach Berlin. Berlin ist schon geil.«

Ich trinke wieder schnell und spüre es schon im Knie. Dort spüre ich den Alkohol immer zuerst, das sage ich dem kleinen Bruder auch, damit er sich mein Knie ansieht. Und während er damit beschäftigt ist, merke ich, dass die Menschen im Raum lauter geworden sind. Ich suche nach Lisa, sehe nur Rücken an Rücken und Gesichter und offene Münder. Ich wundere mich, wann all diese Leute gekommen sind, fast ist es, als würden sie sich einfach vermehren. Durch die Menge sehe ich Lisas Haare leuchten, und das beruhigt mich.

Keiner von all den Fremden sieht uns zu. Mir und dem kleinen Dicken, der inzwischen mutig seinen Arm über mir im Fensterrahmen abstützt. Dabei müsste es doch irgendjemandem auffallen, dass ich hier sitze, so bunt, und mit dem hier rede, der gar nicht zu mir passt. Das müsste doch irgendjemand bemerken und darüber nachdenken. Der kleine Bruder steht inzwischen ziemlich nah bei mir und hört nicht, wie jemand etwas zu trinken bestellen möchte.

»So hatten wir uns das aber nicht gedacht!«

Ich sehe auf und stelle fest, dass das derselbe sagt, der Lisa und mir eine Stunde zuvor die Tür geöffnet hat und gar nicht zugehört hat, als ich »Hallo« sagen wollte. Jetzt steht er direkt vor uns, nicht vor dem Regal, sondern mehr neben mir.

»Gut gemacht«, zischt er dem Dicken ins Ohr, grinst mich an und nimmt mir den leeren Becher aus der Hand. Er ist groß, schlank, trägt Jeans und Jacke, natürlich. Er drückt sich an mir vorbei und öffnet das Fenster hinter mir, klemmt dabei seine Zigarette zwischen die Lippen und kneift die Augen zusammen. Ein bisschen spitzer Regen weht von draußen herein. Ich falle von der Fensterbank, und mit einem Mal ist der ganze Zauber weg. Meine Strumpfhose bleibt am aufgesplitterten Lack der Heizung hängen. Ich bin im Weg. Nicht schön und unnahbar, ich muss ausweichen und sollte am besten gehen, überlege ich. Der kleine Bruder macht sich dünn und schiebt sich, flink wie ein Hamster, an Rücken und Köpfen vorbei auf den Flur. Vielleicht denkt er trotzdem an mich, wenn er morgen früh zwischen den Bierflaschen auf einer Matratze aufwacht, denke ich.

»Ich bin Jakob, das hier ist mein Zimmer.« Er gibt mir die Hand, und ich weiß gar nicht, was ich antworten soll. Er bietet mir eine Zigarette an, weil das vielleicht helfen könnte, und tatsächlich, da weiß ich es wieder: »Marie«, sage ich.

»Marie«, wiederholt er, »schön, dass du da bist.« Er lächelt ein bisschen über mich hinweg in den Raum, weil er sich sicher fragt, wann die alle gehen, ihre Rucksäcke nehmen und gehen, damit wir allein sind, er und ich.

Ich würde ihm gern gleich vom Flughafen und der geschminkten Frau am Schalter erzählen. Und von meiner Mutter, wie sie vor den dunklen Fenstern steht, in ihren nassen Garten schaut und wartet, dass ich anrufe, und dabei nichts macht, außer mit den Fingern gegen ihre Zähne klopfen und fernsehen, am liebsten den Sportkanal, weil es sie berührt, wenn Leute Medaillen gewinnen. Dann weint sie, nur dann, nicht aber, wenn sie verlassen wird zum Beispiel – so was lässt sie kalt.

Jakob schaut mich an, und ich denke, es geht doch, es ist doch möglich, und wenn, dann darf es so schnell gehen, wie ich es will.

»Ich wäre fast gegangen eben«, sage ich und werfe die große Leine aus.

»Da habe ich ja Glück gehabt«, antwortet er.

Und wie er das sagt, bin ich mir plötzlich nicht mehr sicher, ob das so ein Glück ist für ihn. Aber dann trinke ich schnell mein Glas aus und denke: Der wird mitkommen. Der muss jetzt mitkommen.

*

Catherine kratzt sich am Unterschenkel. Sie trägt keine Strumpfhosen, muss sie auch nicht, ihre Haut ist wie Samt und Seide und ein bisschen Porzellan. Sie hört Schritte hinter sich und dreht sich um. Ein feiner Windhauch bläst durch den Gang, als stünde ein Fenster offen. Sie lächelt, schiebt einen schmalen Finger durch die Riemen ihrer Schuhe aus silbernem Leder und steht auf. Eine einzige weiche Bewegung ist das, sie muss sich nirgends abstützen. Dann dreht sie sich noch einmal nach mir um und zuckt mit den Schultern.

3

Wenn meine Mutter nachmittags stundenlang leise telefonierte, stellte ich mir oft vor, sie hätte einen geheimen Auftrag von der Regierung. Meistens schlich ich dann durch den Flur, um sie durch den Türspalt zu beobachten.

Einmal hatte sie die beiden alten Flügeltüren zum Wohnzimmer geschlossen und sich auf die Sofalehne gesetzt. Sie trug Shorts und ein weites T-Shirt, die krausen Haare hatte sie mit der Klemme aus dem Nacken genommen. Sie rauchte und rieb sich immer wieder mit den Fingerknöcheln die Augen. Sie sagte nichts, sie hörte nur zu. Sie verzog keine Miene, gähnte nur manchmal und sah dabei aus wie ein Igel mit ihrer spitzen Nase. Es war, als wäre gar niemand am anderen Ende der Leitung. Ich setzte mich auf den Flokatiteppich in unserem Flur, umfasste meine kalten Zehen mit den Händen und hörte zu, so angestrengt, dass ich manchmal das Atmen vergaß.

»Heute geht es nicht«, sagte sie zu jemandem. Manchmal auch: »Darüber kann ich jetzt nicht sprechen.«

Ich wiederholte die Worte immer wieder, leise und konzentriert, auch noch am nächsten Morgen auf dem Schulweg, um mir einen Reim darauf zu machen.

»Heute geht es nicht, heute geht es nicht.«

Ihre Stimme hob sich nicht, wurde nicht schneller, blieb nicht hängen an einem der Worte. Sie sprach, als hätte sie vorher gewusst, was sie wann zu sagen hatte, wie ein Code.

Meine Mutter arbeitete bei einer Zeitung, und oft stellte ich mir vor, dass sie vielleicht ein König anrief oder ein Leibwächter mit geheimen Informationen. Ich war überzeugt davon, dass meine Mutter eine Agentin ist und dass sie geheime Nachrichten bekommt, die sie vor uns verbergen muss, vor mir und meinem Vater, so geheim sind die Aufträge.

»Heute geht es nicht.«

Natürlich nicht.

*

Ich liege im Bett, seit einer halben Stunde bin ich wach und höre zu, wie Jakob schluckt. Ich schlucke nie im Schlaf. Keiner schluckt im Schlaf, denke ich. Draußen fällt Schnee, aber nur immer mal wieder eine graue Flocke. Richtig will es noch nicht losgehen mit dem Winter.

Jakob dreht sich auf die Seite, so dass ich endlich aufstehen kann, ohne sein Bein wegheben zu müssen. Ich laufe mit den nackten Füßen über unseren rauen Dielenboden ins Wohnzimmer. Lisa sitzt auf einem Stuhl, einen Mantel auf den Knien, und näht mit einer riesigen Nadel einen Knopf an das Leder. Sie sieht kurz auf, als ich mich ihr gegenüber auf das Sofa setze. Ich ziehe die Knie an, stülpe mein Nachthemd darüber. Plötzlich ist es mir peinlich, dass ich hier so nackt sitze, dass sie und Jakob mich gleichermaßen nackt sehen.

Seit fast zwei Monaten ist er hier. Er schläft hier, er isst hier, und wenn er geht, durch den Hof an den Fahrrädern vorbei, durch die dunkle Einfahrt, stehe ich oben am Fenster und beobachte ihn. Meistens bleibe ich auch noch stehen, wenn er schon längst weg ist. Und bevor er abends wieder kommt, ziehe ich mich um und sprühe von dem Parfüm, das ich trage, meine Bettwäsche ein. Jakob arbeitet in einer Bar, Jakob spielt in einer Band, und Jakob studiert Soziologie. Jakob kocht Risotto, wenn ich mit den Schultern zucke und nicht weiß, was ich essen will. Jakob und ich schauen samstags die Sportschau, und Lisa gähnt. Ich bin froh, wenn sie abends ausgeht und wir alleine sind. Jakob wohnt in der WG mit dem langen Gang. Wenn wir bei ihm übernachten und ich nachts aufs Klo muss, schleiche ich über den kalten Flurboden und schalte kein Licht an. An seiner Tür hängt immer noch das Filmplakat, und in seinem Zimmer stapelt sich dreckige Wäsche. Jakob dreht sich seine Zigaretten selbst, er ist ein guter großer Bruder und ein guter Sohn. Er ist lieb zu seiner Mutter, die wir zu Weihnachten besucht haben. Sein Vater ist Ingenieur, seine kleine Schwester hat die Mittlere Reife.

Ich denke an Weihnachten zurück, während Lisa die dicke Nadel immer wieder durch das Leder bohrt. Hinter ihr hängt das Foto von meiner Mutter auf der Motorhaube.

Irgendwann hatte ich in der Handtasche meiner Mutter eine Kassette gefunden, kurz nach ihrer Rückkehr von der Reise, auf der das Foto entstanden war: »Amerika« hieß die Kassette, natürlich. Sie war schwarz mit Gold, und ich klaute sie ihr eines Tages. Obwohl ich damals anfing zu ahnen, dass sie nicht in Amerika gewesen war, als sie »Amerika« gehört hatte, hörte ich die Kassette immer und immer wieder und drehte mit meinem kleinen Finger das stachelige Rädchen weiter, wenn die Bänder unten heraushingen oder sich im Inneren des Plastikgehäuses ineinander verschlungen hatten. Auf der Kassette war ein Lied, bei dem ich nicht genau wusste, um was es ging. Alles, was ich verstand, war, dass jemand durch Paris fahren wollte in einem Sportwagen mit warmem Wind in den Haaren.

*

Lisa seufzt. Das macht sie oft in letzter Zeit. Manchmal sieht sie dann hinüber zur Balkontür, wo das Paket neben dem Sessel steht.

Es war kurz nach Neujahr angekommen, zusammen mit einem Brief auf Spanisch, den ich nicht verstand. Es waren nur drei Zeilen, alle in Großbuchstaben und ohne Unterschrift.

Ich sitze am Esstisch, rauche unter der Lampe, sehe zur Uhr und weiß nichts weiter mit mir anzufangen, weil ich warte, dass Jakob in der Tür steht. Lisa stellt sich vor mich hin, und ich komme mir ungewaschen vor, wenn ich sie sehe. Ihr Gesicht ist klar, die Haare sind zurückgekämmt. Sie stellt zwei Gläser auf den Tisch, hebelt Eiswürfel aus der Form und spricht nicht. Sie holt Wodka, den von ihrem Bruder aus Litauen ohne Etikett, der quer im Eisfach liegt, nicht den billigen von der letzten Party. Dann, während sie einschenkt, setzt sie sich mir gegenüber an den Tisch, stößt mit meinem Glas an, das ich noch nicht hochgenommen habe, und trinkt allein. Ich hoffe, dass Jakob bald kommt und ich ihr nichts sagen muss, weil ich genau weiß, was sie will.

Lisa kaut auf einer Strähne ihrer langen blonden Haare. Ihre Haare sind so hell, dass sich das Weiß manchmal nicht von ihrer Haut absetzt. Sie sitzt vor mir wie ein strahlender Stock, so gerade. Ihre Augen funkeln, und mit ihrem dünnen Zeigefinger tippt sie auf die Tischfläche. Irgendwann steht sie auf und schleicht um mich herum. Sie wartet.

Seit einem Jahr, seit wir hier wohnen, haben wir nie jemand anderen hereingelassen, nicht für mehr als ein paar Stunden. Eine Nacht vielleicht.

Ich muss an den Tag denken, an dem wir eingezogen sind. Daran, wie wir im Mai unser Sofa die drei Stockwerke hinauftrugen. Lisa mit Zigarette im Mund und hochgekrempelten Ärmeln. Die Wespen flogen im Hausflur durch das offene Fenster, wir lachten vor Erschöpfung und schnappten nach Luft. Später lagen wir auf dem warmen Parkett vor dem Sofa, nicht darauf, sondern in den Sonnenflecken davor, wie Hunde.

Seit Jakob da ist, hat Lisa ihre Wohnung verloren. Sie funkelt ihn an, sie trägt große Stapel Zeitungen an ihm vorbei in ihr Zimmer, und sie macht den Fernseher aus, wenn wir nach Hause kommen.

Wenn Jakob also einmal kurz nicht da ist, so wie jetzt, und Lisa mich beim Warten erwischt, holt sie den Wodka aus dem Kühlfach und trinkt auch gleich ein zweites Glas. Ihre Lippen sind in letzter Zeit ganz schmal, so böse ist sie. Vielleicht hat sie Recht. Vielleicht meint sie, dass ich meine Zeit verschwende oder mich vor dem drücke, was eigentlich zu tun wäre.

»Heute geht es nicht. Ich kann darüber jetzt nicht sprechen.«

Lisa hasst es, wenn etwas verschwiegen wird, aber ich finde das gerade gut. Ich kenne es nicht anders.

*

Meine Mutter kann das Telefon einfach vor sich hinklingeln lassen, und das ist etwas, das man wirklich können muss. Ich hingegen kann es nicht einmal ertragen, wenn Leute in Filmen nicht schnell genug ans Telefon gehen.

Es klingelte oft durch unsere Wohnung, und es hörte nicht auf. Noch Stunden später hallte es nach, obwohl es längst vorbei war. Meine Mutter sah dann kurz zu mir auf, schleckte ihren Finger und blätterte die Zeitung um. Sie wusste, wer dran war und dass es keinen Grund gab, mit diesem Jemand zu sprechen. Wieder ein geheimer Code, davon war ich überzeugt.

Im Sommer trug meine Mutter manchmal den ganzen Tag die Sachen, in denen sie auch geschlafen hatte. Sie schminkte sich nicht, sie duschte auch nur selten. Ihre Haare waren stumpf und standen in alle Richtung vom Kopf ab, wenn sie sie nicht mit der Plastikklemme bändigte.

Meine Mutter arbeitete von zu Hause aus, sie schrieb Artikel, nur manchmal musste sie auch zu einem Termin. Dann zog sie eine Bluse an, ein Jackett und enge Jeans und eine Sonnenbrille. Und auf einmal sah sie aus wie eine tolle Frau. Es brauchte gar nicht viel. Sie schüttelte ihre Haare, während die Zigarette über dem Waschbeckenrand lag und ich auf dem Klodeckel saß und sie beobachtete. Sie machte sich die Haare, indem sie einen breit gezinkten Kamm ein paarmal in ihre Locken stach, dann sprühte sie Haarspray über ihren Kopf hinweg. Sie zog ihr Lid zur Seite und umrandete ihre Augen schnell mit einem schwarzen Stift; später sah sie sich an. Jung war sie, und so schön, fand ich, aber sie lächelte nicht, sondern verließ das Bad. Immer vergaß sie die Zigarette am Waschbeckenrand, und die Glut hinterließ gelbe Flecken.

Meine Mutter lächelte sowieso selten, nur wenn mein Vater ihr Geschichten aus der Redaktion erzählte, davon, wie jemand etwas falsch gemacht hatte; oder wenn sich der Hausmeister und die alte Frau aus dem ersten Stock anbrüllten und sie an der Tür gelauscht hatte, dann kicherte sie.

Meine Mutter: klein und schlank und trotzig; wenn mein Vater sie umarmte, reichte sie ihm bis zur Brust. Mein Großvater und meine Mutter waren gleich groß, und sobald sie nebeneinanderstanden, ähnelten sie sich so sehr, dass mein Herz klopfte, bis meine Mutter aus dem Zimmer ging.

Als ich sieben war, lauschte ich nur noch von meinem Zimmer aus. Wenn ich die Augen schloss, konnte ich durch Türen und Zimmer und Wände hindurchhören. Ich konnte sehen, was dahinter passierte. Einmal, mein Vater war noch nicht zu Hause, klingelte es, und meine Mutter nahm den Hörer ab, was sie selten tat.

»Darüber kann ich jetzt nicht sprechen.«

Oft legte meine Mutter auch auf, mitten in einem Telefongespräch. Ein geheimes Zeichen, natürlich.

Ich verbrachte Wochen und Monate damit, mir über die geheimen Aufträge meiner Mutter Gedanken zu machen. Sie erklärten für mich alles: Warum meine Mutter so verschwiegen war und immer auf dem Sofa saß, als würde sie auf etwas warten. Warum sie oft das eine versprach und dann das andere tat; warum meine Eltern sich mit gedämpften Stimmen unter dem gelblichen Schein der Küchenlampe stritten, während dazu Musik von den Stones lief. Meine Mutter hatte etwas zu tun, das groß und wichtig war – daran glaubte ich, bis sie nach Amerika fuhr. Ich glaubte auch, sie würde es mir irgendwann erklären.

*

Ich kann hören, dass Lisa noch wach ist. Sie hat genäht und ist gegangen und wiedergekommen und hat ihren neuen Mantel im Flur fallen lassen. Auch Jakob ist gegangen und wiedergekommen und hat frisches Brot mitgebracht und Marmelade und eine Zeitung. Jakob liest, und ich sage hin und wieder etwas, um Lisas Geräusche zu übertönen. Sie raschelt und räumt; ich kann sogar hören, wenn sie sich eine neue Zigarette aus der Schachtel nimmt.

Am Nachmittag hat Lisa das Paket in mein Zimmer geschoben. Seit eineinhalb Wochen schon schiebt Lisa es durch die Zimmer. Es ist ein hohes Paket, braun, mit Klebeband eingeschnürt, und voller Aufkleber. Ich will es nicht auspacken, und Jakob hat noch nicht danach gefragt. Jetzt aber fällt es auf, wie es da so steht, weil in meinem Zimmer sonst nicht viel steht. Ich will meine Sachen immer schnell packen können, habe ich Lisa einmal erklärt.

»Warum willst du deine Sachen immer schnell packen können?«, hatte mich Lisa zwischen ihren Stapeln sitzend gefragt, und ich hatte ihr darauf keine gute Antwort geben können.

»Krieg vielleicht, oder ein Feuer; oder das andere Ende der Welt, das plötzlich will, dass ich dort hinkomme.«

»Ans andere Ende der Welt?«

Ich nickte, und Lisa lachte und sagte:

»Als ob du dann losziehen würdest, wenn es dich ruft.«

*

»Es war noch jemand im Aufzug«, sagte mein Großvater.

Ein guter alter Freund sei das gewesen, mit dem er Backgammon spielte, tagsüber in den Tuilerien. Auch das stellte ich mir oft vor; die zwei auf dem staubigen Boden, zwischen niedrigen Bäumen, an einem wackligen Klapptisch. Der Freund beugt sich runter und schiebt einen Teil der Zeitung unter das Tischbein, dann geht das Spiel weiter.

Mein Großvater hatte mir einen Kalender mitgebracht, zum Geburtstag, den ich stolz festhielt, wie eine Auszeichnung.

»Wer Latein lernen muss, der braucht auch einen Kalender.«

Wir saßen auf einer Bank im Olympiapark. Ich hatte mir einen gewünscht, für den Schulanfang auf dem Gymnasium; er hatte es gewusst, und so drückte ich den Kalender gegen meine knochige Brust. Ich blätterte den Kalender durch und roch an der Klebestelle zwischen den Seiten, während mein Großvater von Paris erzählte.

Die Vorstellung gefiel mir, dass sie alle im selben Hotel gewohnt hatten – mein Großvater, sein Freund und sie.

»Ich habe ihm ein Zeichen gegeben, weißt du«, sagte mein Großvater, und seine Augen blitzen. Seine Hände lagen ganz ruhig aufeinander auf seinen Knien; nur sein Zeigefinger zuckte, aber ich glaubte nicht, dass er es bemerkte.

»Ich habe ihm ein Zeichen gegeben, damit er aus dem Lift aussteigt; und er hat es getan. Aaron, mein guter Freund.«

*

Ich erzähle Jakob von meinem Tag in der Bibliothek. Von der Arbeit, die ich schreibe, und ich hoffe, dass er nicht viele Fragen stellt.

Lisa raschelt mit ihren Zeitungen. Ich höre ihre DV-Kamera surren und ein Band ausspucken. Jakob gähnt, er schiebt die eine Hand unter meinen Hinterkopf, die andere legt er über meinen Bauch.

Jakob sieht mich an, hört sich meine Geschichte an, über die Regale in der Bibliothek und den Blick aus dem Fenster auf den Brunnen. Dann küsst er mich, und ich denke, das ist es und so muss es sein, und draußen stürmt es, und wir sind hier drin, und das Summen der Videokassetten wird ein bisschen leiser, aber das Flüstern in meinem Kopf nicht.

Am nächsten Morgen ist Jakob schon gegangen, bevor ich richtig wach war. Er hat einen Zettel auf den Boden gelegt, der zusammen mit einem Staubballen hochfliegt, als ich meine Zimmertür aufmache. Er ist weg, arbeitet, und ich stehe mitten im Flur und habe plötzlich das Gefühl, es sei schon Abend und ich könnte wieder ins Bett gehen.

Das Paket steht inzwischen vor der Küche, mitten im Türrahmen, neben der Bank. Ich drehe mich um, Lisas Zimmertür ist zu, früher war sie meistens offen, außer sie hatte Besuch von dem Schauspieler, der im letzten Sommer in ihren Videos auftauchte und der von da an immer wieder unangemeldet vor unserer Tür stand. Immer nachts, und immer, wenn ich ihm öffnete, sagte er, er hätte noch Vorstellung gehabt, meistens Hamlet. Irgendwann kam er nicht mehr wieder, vorher fragte er mich aber noch, ob ich ihn auch einmal sehen wolle, Hamlet würde zum letzten Mal aufgeführt. Ich habe nur den Kopf geschüttelt, und dann war er weg, endgültig. Am nächsten Morgen wechselte Lisa die Bettwäsche; die Laken knallten, als sie sie ausschüttelte.

Lisa kann alle normalen Sachen so machen, dass ich am Geräusch erkenne, wie es gemeint ist.

Ich hebe das Paket hoch, stelle es auf den Tisch zwischen die Wodkagläser und schiebe meinen Zeigefinger unter das braune Klebeband.

Ich weiß nicht, wo der jüdische Friedhof ist, ich kenne überhaupt keinen Friedhof, außer dem kleinen bei Wolfratshausen, auf dem meine Urgroßmutter Alma und meine Großmutter Hanne liegen, aber auch den würde ich nicht mehr finden. Und außerdem möchte er da nicht hin, niemand möchte da hin, und mein Großvater ganz bestimmt nicht. Auf der Beerdigung meiner Urgroßmutter vor ein paar Jahren waren wir zu dritt. Nur meine Eltern und ich. Meine Urgroßmutter war aber auch schon einhundertundein Jahre alt, als sie starb, da hat man keine Freunde mehr. Obwohl meine Urgroßmutter überhaupt nie Freunde hatte.

»Dass sie nicht sterben darf, das ist die Strafe Gottes«, hatte mein Vater gesagt, als sie hundert wurde. Wofür, das sagte er nicht. Vielleicht für ihre bösen kleinen Augen, die funkelten, wenn sie Bienenstich zum Eierlikör aß. Sie hatte für Kuchen immer ganz kurze Gabeln aus Silber bereit, die sie aus einem Kästchen im Schrank holte, während sie sich dabei ängstlich umsah.

Vielleicht meinte mein Vater aber auch, es sei die Strafe dafür, dass sie alle Männer vertrieben hatte, die den Frauen aus unserer Familie jemals zu nahe gekommen waren.

Ich will das Paket jetzt aufmachen. Ich bin fest entschlossen, aber meine Hand rutscht ab, als ich den Deckel aufreißen will. Ich schneide mich an dem scharfen Karton und höre das Kichern meines Großvaters wie ein entferntes Fiepen. Ich huste, damit ich nicht weine, weil ich gar nicht wüsste, was es zu weinen gibt. Die Klebebänder sind steif und werden in meinen Händen zu Seilen aus Plastik. Schließlich lasse ich das Paket stehen, ungeöffnet.

In die Bibliothek könnte ich gehen, überlege ich, mir wieder Bücher ausleihen, die nie die richtigen sind. Während andere immer die richtigen Bücher finden, fehlt nur mir genau das entscheidende; die anderen sind konzentriert, räuspern sich zuversichtlich und sehen nicht auf zu mir, auch nicht, wenn ich meinen Rock und die Stiefel anhabe, so wie gestern.

Die müssten sich doch eigentlich denken, wie kann eine, die so gut aussieht, auch noch schlau sein und schwierige, dicke Bücher durch die Gegend tragen. Wenn ich ehrlich bin, ist es genau das, was ich tue. Ich trage Bücher durch die Gegend und blättere sie durch, während die anderen schnell tippen und mit bunten Stiften ganze Zeilen anmalen. Es ist nicht so, dass ich nicht verstehe, was da steht, aber nach einer halben Stunde muss ich einfach wieder gehen. Es geht nicht anders. In der Bibliothek sitzen, ist wie auf den Bus warten; ich sitze dort, weil ich das Gefühl habe, nur die Zeit zu überbrücken, bis etwas passiert.

»Auf was wartest du?«, fragt Lisa. Sie steht in Unterhosen, dicken Socken und einem Morgenmantel in der Tür. Sie hat eine Mütze auf dem Kopf, weil unsere Heizung nachts automatisch herunterfährt und wir nicht wissen, wie man das abstellen kann. Das Blau in ihren Augen ist stumpf, ich kann ihr das Vor- und Zurückspulen der klapprigen Kassetten ansehen. Sie hat die Arme verschränkt. Ihr Blick meint es ernst mit mir.

»Worauf wartest du?«

Draußen schneit es seit dem frühen Morgen stark, und obwohl ich nur will, dass Jakob wiederkommt und wir uns ins Bett legen und er mir aus der Zeitung vorliest, ziehe ich an dem braunen Plastikband und verspreche Lisa einen gemeinsamen Abend, heute noch, auch wenn sie das gar nicht gemeint hat.

*

Einmal, vor zwei Wochen, haben meine Mutter und ich kurz telefoniert. Bis zu dem Zeitpunkt hatte ich immer noch nicht mit ihr gesprochen, nicht über die Beerdigung und nicht über den Friedhof.

Ich hörte, wie sie durch ihr Haus lief, eine Zimmertür schloss, sich bei Elmar entschuldigte. Nein, sie entschuldigte sich nicht, sie sagte, sie käme gleich wieder und setzte sich an einen Tisch.

»Sie schicken alles zu mir«, sagte ich.

»Was denn?«

Sie wollte, dass es beiläufig klang, es klang aber wie ein Vorwurf.

»Die Asche und seine Notizbücher«, antwortete ich und zog meinen Teebeutel in der Tasse hin und her, und meine Mutter sagte, das sei doch gut.

Ich wartete. Darauf, dass vielleicht noch etwas käme, ein Vorschlag oder eine Verabredung; sie hätte mir sagen können, warum es so ist, wie es ist, warum wir darüber redeten, als ginge es um etwas, das ich im Katalog bestellt hatte, aus Übersee. Meine Mutter atmete ein und aus, und ich konnte hören, wie das Halsband des Hundes leise klimperte. Wahrscheinlich lag er unter dem Tisch, und sie hatte ihre Füße auf ihm abgestellt.

»Es könnte sein, dass es da noch was gibt«, sagte sie. »Papiere, vielleicht musst du mit seiner Bank sprechen.«

Ich nahm den Teebeutel aus der Tasse, drückte ihn zwischen zwei Fingern aus und tat so, als hätte sie das nicht gesagt.

»Also«, sagte ich.

»Marie«, sagte sie, und mein Kopf wurde heiß, als ich meinen eigenen Namen hörte.

»Es gibt bestimmt irgendwelche Sachen, Geld oder so, viel ist das bestimmt nicht. Er hatte ein Konto in New York. Und einen Freund, ich weiß es nicht genau.«

Ich antwortete nicht, sie seufzte.

»Also«, sagte ich noch einmal und versuchte, wütend darüber zu sein, dass ich mich um alles kümmern musste, dabei war ich das gar nicht.

»Ja, so ist das, so schnell geht das«, sagte sie. »Na ja.«

*

Ich verbringe den Vormittag damit, im Internet kurze Videos anzusehen. Das mache ich manchmal. Warum, weiß ich nicht. Es ist wie ins Lagerfeuer gucken oder auf dem Rücken auf einer Wiese liegen und vor einem hellen Himmel Äste ohne Blätter betrachten.

Ich sitze an Lisas Schreibtisch, und sie zeigt mir ihre letzten Arbeiten; Arbeiten, so nennt sie das. Vor drei Tagen war sie zu ihren Eltern gefahren, die am Stadtrand wohnen, in dem Viertel mit den Hecken. Es ist das Viertel, in dem die Villen stehen, die großen Häuser, wo Lisa aufgewachsen ist. Aber wir nennen es heute noch so, das Viertel mit den Hecken, das Heckenviertel.

Lisa ist einkaufen gegangen, mit meinem Geld. Sie will nichts von ihren Eltern nehmen, sagt sie, dabei wollen die ihr auch gar nichts mehr geben, seitdem sie ihr Studium abgebrochen hat. Sie hat Milch gekauft und Nudeln und zwei Päckchen Zigaretten. Und dann hat sie sich neben mich gesetzt und mir gezeigt, was sie gefilmt hat.

Sie hat sich durch den Garten geschlichen, bei ihren Eltern. Auf dem Video sieht man die nasse Wiese, und dann, als die Blende aufgeht, durch die großen Fenster des Esszimmers hindurch, das erschrockene Hausmädchen. Später hat sich Lisa unter das Vordach des Gartenhäuschens gesetzt, das ihre Eltern »den Pavillon« nennen, und die Kamera auf den Tisch gelegt. Von der Markise tropft der Regen, im Pool kräuselt sich das Wasser. Ich kenne diesen Ausblick. Früher saßen Lisa und ich dort oft zusammen, in unseren Badeanzügen. Sechzehn waren wir vielleicht, und Lisas Mutter hatte auf der Terrasse in der Sonne gestanden, in strahlend weißen Hosen, eine Hand über die Augen gelegt, die andere in die Hüften gestemmt.

Lisa sagte damals zu mir: »Ich will hier weg, willst du nicht auch hier weg?«

Es ist Abend geworden, es hat den ganzen Tag geschneit, ich habe immer noch den Schlafanzug an. Lisa und ich sitzen auf dem Boden. Wir spielen Karten, sie gewinnt, diesmal wirklich. Oft lasse ich sie gewinnen, damit sie mich danach auf einen Drink einladen kann.

Es ist kalt. Lisa ist in eine graue Filzdecke eingewickelt. Sie steht auf, nach der letzten Karte, dabei rutscht die Decke an ihr herunter, sie hält ihr Glas hoch. Der Wodka aus Litauen ist fast leer, und ich merke, dass meine Zeit genauso abläuft.

Sie sagt: »Auf uns!«, und wir stoßen an. Und dann: »Lass uns rausgehen.« Meinen Geldschein, den sie gewonnen hat, hält sie in der Hand.

Ich weiß, was passieren wird, draußen, am Tresen, an der Bar. Sie wird den Schnaps bezahlen, wir werden erneut anstoßen, und sie wird sagen, irgendwann würde schon alles klappen und richtig losgehen mit ihrer Karriere. Und wir beide könnten doch immer sagen, wir hätten die Scheißzeit davor zusammen durchgemacht.

Dann wird sie austrinken, das Glas auf die Theke knallen, sich über die Oberlippe lecken und dabei aussehen wie ein kleines Mädchen. Wie das kleine Mädchen, mit dem ich im Pavillon ihrer Eltern gesessen hatte.

»Ich mache genau das, was ich will«, wird sie rufen und einem Fremden den Arm um die Schultern legen. Ich werde sie ansehen, sehen, dass sie wirklich daran glaubt, und denken, scheiße, ich mache das nicht, ich mache nicht genau das, was ich will. Und deshalb noch einen trinken und noch einen und noch einen, vielleicht.

Nach dem Tresen, dem Schnaps, dem Fremden, dem Schwur und den Zigaretten werden wir auf die Straße stolpern, und überall wird Schnee liegen. Es wird so kalt sein, dass ich nicht richtig betrunken werde bleiben können.

*

Ich traue mich nicht, meine Mutter zu fragen, was wirklich passiert ist.

Meine Urgroßmutter Alma und ich haben nie viel miteinander gesprochen, nur über meine Schulnoten und den Tatort am Sonntag. Meistens fragte sie mich noch, ob mein Vater mich schlagen würde. Sie glaubte, er würde mich auf die Ohren schlagen, weil ich nicht gut höre.

»Nein«, widersprach ihr meine Mutter, »das tut er nicht.« Manchmal war das das Einzige, was sie an so einem Sonntag zu sagen hatte.

Oft sah ich hinauf zu den Bildern meiner Großmutter Hanne, die überall im Haus meiner Urgroßmutter hingen. Zart und zerbrechlich sah sie aus. Sie konnte mir nichts mehr zu ihrem Leben hier sagen, und in das Badezimmer, in dem sie ertrunken ist, durfte ich nicht gehen, sondern musste die Toilette am unteren Ende der Treppe benutzen.

*

Lisa sucht schon nach dem Schlüssel, als ich stehen bleibe. Sie braucht ein paar Meter, bis sie merkt, dass nur noch ihre Schritte zu hören sind. Dann bleibt auch sie stehen und dreht sich um, die Arme in die Taille gestemmt.

»Was ist los?«, fragt sie.

»Ich muss dahin«, antworte ich, und sie fragt: »Wohin?« Nicht, weil sie es nicht weiß, schließlich hat sie das Paket über unseren Boden geschoben, sondern damit ich es sage. Sie steht auf der anderen Straßenseite, und deshalb muss ich es fast schreien. Meine Stimme knallt gegen die Häuser, gegen den Kiosk, die Bäckerei und die unbeleuchteten Fenster.

»Ich muss nach New York«, rufe ich.

»Warum?«, erkundigt sie sich, und ich strecke die Arme nach beiden Seiten aus.

»Ich weiß es nicht«, antworte ich. »Wegen dem Konto und dem Sandwich.«

Lisa nickt.

»Nimmst du ihn mit?«

Sie friert und hebt einen Fuß an, kommt zu mir die Straße rübergelaufen und hüpft ein bisschen. Sie schlottert, und ich sage: »wenn er will«, und hoffe, dass sie nicht wütend wird.

Sie zündet uns eine gemeinsame Zigarette an. Der Rauch kommt hastig zwischen ihren Lippen hervor. Ihre Backen sind rot, sie sieht mich an. Wenn ich ein Mann wäre, würde ich sie küssen, so reizend ist sie gerade. Sie wischt sich über die Nase.

»Du kommst aber wieder, oder?«

*

Mein Großvater läuft vor mir durch Chinatown. Ich war noch nie dort, genauso wenig wie in dem Hotel in Paris. Er kann nur noch langsam gehen, beide Arme schräg seitlich zur Balance gestreckt, die Fäuste geballt. Er macht kurze Schritte, so wie ich, damit er nicht auf der Straße ausrutscht. Das Pflaster ist mit dünnem Eis überzogen, dazwischen liegt altes Gemüse. Er muss den Auslagen vor den Geschäften ausweichen. Die Passanten, alles Chinesen, tragen dicke Anoraks und haben braune Zigaretten zwischen den Lippen. Er bleibt stehen, fährt mit den Händen in die Taschen seines alten Mantels, und nun müssen die Chinesen ihm ausweichen. Dann dreht er sich um und lächelt mich an. Endlich, denkt er vielleicht. Endlich.

4

Mein Vater und ich stehen auf einem Steg vor einem Holzpavillon. Im flachen Wasser blitzen kleine Fische auf. Ihre zackigen Bewegungen haben uns schon eine ganze Weile schweigen lassen. Mein Vater ist immer richtig angezogen, finde ich. Er trägt feste Schuhe, weil es matschig ist im Park, und eine Windjacke mit einem Einsatz, den man herausnehmen kann, an einem Tag wie heute, an dem es angenehm mild ist. Seine Brille hat einen getönten Sonnenbrillenaufsatz, den er jetzt herunterklappt, als er über den See sieht, auf dem die Sonne tanzt. Ein Hund würde gut zu ihm passen, oder ein Enkelkind, denke ich. Und dass er sich langweilt. Ich schlage daher vor, wieder zurückzugehen. Ich würde gern rauchen, aber das fällt mir vor ihm immer noch nicht leicht, deshalb drehe ich nur die Schachtel in meiner Manteltasche. Er fragt mich nach der Uni, und obwohl alles stimmt, was ich ihm sage, komme ich mir vor wie eine Betrügerin. Ich schildere die Entwicklung meiner Seminararbeit und erzähle intensiv von einer Vorlesung – der einzigen, die ich besuche. Wir laufen einen sehr schmalen Weg durch die akkurat angelegten Wiesen zurück. Es sind nicht viele Menschen unterwegs, es ist Dienstagnachmittag, und ich war zu ihm gefahren, um mich zu verabschieden.

Wir laufen auf die Hochhaussiedlung am Rande des Parks zu. Mein Vater will wissen, ob ich Lust auf Kuchen habe. Ich freue mich darüber, weil er sich freut und weil ich weiß, dass er Kuchen so gern hat.

Zwischen den Hochhäusern liegt ein Platz, wie eine Oase. In der Mitte stehen Glascontainer, links und rechts gibt es kleine Geschäfte. Einen Supermarkt, einen Blumenladen, eine Konditorei und einen Kiosk. Viele Mütter mit Kinderwagen sind unterwegs, alte Frauen sitzen auf Metallbänken. Alles ist ordentlich und sauber, und plötzlich kann ich mir ein Leben hier ganz genau vorstellen.

Ein paar junge Türken stehen vor der Konditorei, und als mein Vater auf sie zukommt, drücken sie ihre Zigaretten aus, vergraben die Hände in den Jacken und sagen ihm Guten Tag.

Mein Vater kauft für uns Streuselkuchen, und die Frau hinter der Theke gibt uns Sahne umsonst dazu. Sie sagt, sie hätte seine Reportage im Lokalteil gelesen, schön sei die gewesen. Sie hat die Fäuste in die Seiten gestemmt, als hoffe sie, noch ein bisschen plaudern zu können. Mein Vater nickt höflich und nimmt den Kuchen auf einem Teller aus Karton und eingeschlagen in Papier entgegen.

Die Siedlung gleicht einem Labyrinth aus Brücken und Treppen und Durchgängen. Zwischen den Betonplatten drängelt sich Löwenzahn hindurch. Wir überqueren einen Platz mit Schaukeln und Schwingtieren und gelangen zu kleineren Gebäuden. Flachen Bungalows, die Wände bemalt mit Dschungeltieren und Regenbögen. Die Fenster der Erdgeschosse gehen über die ganze Länge. Die bunte Farbe, die bauchigen Schriftzüge der 70er Jahre, alles kommt mir hundert Jahre älter vor als das Haus, in dem ich mit Lisa wohne.

»Hier wohnten damals die Architekten«, sagt mein Vater zu mir, als er die Tür aufschließt, sie mit dem Fuß stoppt und den Schlüssel abzieht. Ich weiß das natürlich, weil er es mir jedes Mal erzählt. Das von den Architekten, den Olympischen Spielen und davon, wie neu damals alles gewesen war. Wie er als Fotograf für die Abendzeitung berichtet hatte, von der Leichtathletik, und sich gewünscht hatte, hier auch einmal zu wohnen.

»Sie glauben, hier sei alles asbestverseucht«, sagt mein Vater und leert den Briefkasten. Ich muss an ein Foto denken, auf dem er mit anderen Reportern bei der Besichtigung der neuen Parkanlage zu sehen ist, mein Vater in Schlaghosen und einem engen Rollkragenpulli.

Er sieht seine Briefe durch. Ich glaube nicht, dass er jemals unangenehme Post bekommt.

»Ich ziehe hier nicht aus«, erklärt er, »Asbest hin oder her.« Dann zuckt er mit den Schultern. Er geht vor mir die Stufen hoch, nur vier Stück, seine Wohnung liegt im Parterre, aber ein paar Stufen hat er auch in seinem Flur, darauf ist er stolz, das weiß ich.

»Meine Wohnung erstreckt sich über zwei Stockwerke«, sagt er und lacht, als ob er etwas Unanständiges gesagt hätte.

Er zieht sich die Schuhe aus, die gar nicht dreckig geworden sind, und schlüpft in seine Pantoffeln. Die wenigen Stufen führen in einen Raum, der durch große Schiebefenster von einem Garten getrennt ist. Ein schmaler Grünstreifen blitzt zwischen den Bungalows durch. Auf der Terrasse stehen ein Tisch und ein Stuhl. Das Wohnzimmer und die Küche bilden einen großen Raum, ich setze mich auf das Ledersofa, das es auch schon in unserer alten Wohnung gab. Auf dem Boden stapeln sich Zeitschriften. Mein Vater liest den *Spiegel* und den *National Geographic* und manchmal auch den *Playboy*, »wegen der Artikel«, sagt er, und das glaube ich ihm aufs Wort.

Ich habe meine Jacke anbehalten, weil es in der Wohnung immer ein bisschen zugig ist, vielleicht liegt das an den großen Fenstern, und mein Vater gibt mir dicke Wollsocken. Dann bringt er zwei Tassen Cappuccino zum Couchtisch und zeigt auf seine neue Maschine. Auf die ist er stolz. Guter Kaffee ist ihm wichtig. Abends wird er Spaghetti kochen, das macht er immer, wenn ich zu Besuch bin. Ansonsten gibt es bei ihm Brötchen mit Schinken und danach ein Stück Schokolade mit Minze. Ich glaube, Freiheit ist für ihn, dass er essen kann, was er will.

Ich packe den Kuchen aus dem Papier und lege ihn ungeschickt auf zwei Teller, während mein Vater sich die Ärmel hochkrempelt. Mit einer Fernbedienung macht er Musik. Johnny Cash und Streuselkuchen – wir lächeln uns an.

Ich will ihm sagen, dass ich eine Weile weg sein werde, nicht lange, ein paar Wochen vielleicht, aber plötzlich will ich mich auf dem Sofa einrollen und Spaghetti essen und später mit ihm fernsehen und die Lichter des Olympiaturms betrachten, wenn ich nachts aufs Klo gehe, so wie damals, als ich bei ihm gewohnt und bis spätabends noch gelernt habe.

Seit Weihnachten war ich nicht mehr hier, und jetzt weiß ich auch wieder wieso. Mein Vater schlürft seinen Kaffee, hat die Beine übereinandergeschlagen und beobachtet die Wolken, die schnell am Himmel vorbeiziehen.

»Und dieser junge Mann«, fragt er dann ruhig, »begleitet er dich?«

Ich habe ihm von Jakob erzählt, aber er kennt ihn noch nicht. Vielleicht, weil ich es mir nicht vorstellen kann, dass Jakob hier sitzt, zwischen den alten Zeitungsausschnitten, während mein Vater über Politik spricht und Jakob dann seine Meinung sagt und so etwas wie »ja« und »danke« und »noch ein Glas Wein, bitte«. Aber genauso, wie ich den Kuchen nicht ablehnen kann, kann ich auch das nicht. Jemanden mitbringen, hierher.

Ich will nicht, dass mein Vater traurig ist, obwohl er das vielleicht gar nicht ist, weil sich in Wirklichkeit seine Geliebte in Unterwäsche im Schlafzimmer versteckt.

Ich nicke. »Ja, der junge Mann kommt mit.«

»Warum New York?«, fragt er. Es klingt ganz sachlich, aber ich schäme mich, weil es vielleicht lächerlich ist, dort hinzufahren, und weil ich mir bei meinem Vater oft so albern vorkomme. Schon damals, mit meinen engen Jeans, meinen gefärbten Haaren mit vierzehn, meinem ersten

Freund, meinem Studienfach, dem schlechten Schuhwerk, der undichten Jacke, den nicht bezahlten Strafzetteln.

»Er hat gesagt, ich soll dahin.«

Ich merke, dass es albern klingt, aber ich hoffe, dass mein Vater weiß, worum es geht.

»Ich weiß«, sagt er, »ich weiß, was er dir erzählt hat.«

Plötzlich wird mir heiß, und ich presse meine Knie zusammen. Mein Vater zuckt mit den Schultern, weil er meine Gedanken lesen kann, immer schon.

»Ich weiß nicht, was davon gestimmt hat«, sagt er. »Aber es waren gute Geschichten.«

Dann steht er auf und nimmt mir die Tasse ab.

»Noch einen?«

Er läuft mit leichten Schritten zu seiner Maschine und wischt den kleinen Milchaufschäumer ab. Mein Vater lässt sich Zeit.

Ich bin mir nicht sicher, was ich gerne von ihm gehört hätte, vielleicht, dass er an alles glaubt, so wie ich; oder einfach gar nichts.

Er bringt mir frischen Kaffee.

*

Mein Großvater war ein Lügner, ein Verbrecher, ein Betrüger, der meine Mutter und seine kranke Frau hat sitzen lassen, einer, dem man keine Briefe schicken konnte, weil man nie genau wusste, wo er wohnte. Einer, von dem nicht klar war, ob ihm vier Firmen gehörten oder gar keine; einer, der mit den Nazis befreundet war und auf dem jüdischen Friedhof beerdigt sein will. Einer, der mir von einem Leben erzählte, das hier keiner führt.

*

Draußen ist es dämmrig geworden, zwischen den Betonbauten und den Spielplätzen gehen die Lichter an. Durch die Fenster der Nachbarschaft kann man jetzt in Küchen sehen und in Kinderzimmer. Leute kommen nach Hause und hängen Mäntel auf.

»Es geht nicht um ihn«, sagt mein Vater, »es geht um euch.«

Er stellt seine Tasse ab, ich halte meine umklammert, in meinen Fingern kribbelt es. Dann lacht er und schiebt mir den Zucker rüber. Ich verstehe ihn nicht und werde immer kleiner auf dem Sofa.

»Du bist zu kühl angezogen«, stellt er fest und gibt mir eine Wolldecke. Socken, Decke, danke.

»Er hat noch einen Freund in New York«, sage ich laut, um meinen Vater aus der Reserve zu locken. Doch mein Vater nickt bloß.

»Er hat einen Freund dort und vielleicht noch mehr.«

Ich beiße mir auf die Unterlippe, schon wieder höre ich mich an, als würde ich von einer Fernsehserie sprechen.

Mein Vater beobachtet eine Frau, die am Fenster steht und Geschirr spült, und ich denke, das könnte sie doch sein, seine heimliche Geliebte. Ich bin erleichtert. Hoffentlich wird ihr Mann nicht sauer, denke ich noch, falls sie einen hat. Es tröstet mich, wenn ich mir vorstelle, dass etwas passiert, auch hier.

»Warum nicht Paris?«

Mein Vater weiß also auch davon, aber mehr sagt er nicht, er sieht mich nur fest an, ganz ernst, wie von einem Journalisten zum anderen.

»Ich habe es ihm versprochen«, sage ich kleinlaut, während die Geliebte meines Vaters sich die Hände mit einem karierten Tuch abtrocknet. Ob sie sich im Hausflur begegnet sind, am Briefkasten, an einem Vormittag? Oder im Fahrradkeller an einem Sommerabend? Vielleicht hat sie auf den Stufen gewartet, weil sie noch nicht hochwollte, und die Haustür stand offen, als mein Vater eintrat.

»Ich hab's ihm versprochen«, sage ich noch einmal, und mein Vater seufzt.

»Ich mach uns ein paar Spaghetti.« Er stützt sich auf den Knien ab, bevor er aufsteht. Ich sehe ihm zu und rolle mich auf dem Sofa ein.

Später, nach dem Essen, dem Wein und dem Fotoband, den mein Vater damals in Südamerika gemacht hat, will ich gehen.

Mein Vater hat eine Hand in der Jeanstasche und sieht lässig aus. Mit der anderen kratzt er sich den Sieben-Tage-Bart. Ich hoffe, um das Stechen in meiner Brust zu vertreiben, dass er glücklich ist. Und obwohl es mir um etwas anderes geht, frage ich noch einmal nach, nachdem er an der

Wohnungstüre für mich das Licht im Hof angemacht hat. Draußen ist es feucht, es hat geregnet.

»Worum geht es dann? Du hast gesagt, es geht um euch.«

Er lehnt sich in den Türrahmen, und ich denke an den Tag, als meine Mutter aus Amerika zurückgekommen ist, wo sie in Wirklichkeit gar nicht gewesen war, sondern in Braunschweig, und daran, wie mein Vater auf dem Sofa auf sie gewartet hat. Seine Taschen waren schon gepackt, aus der Küche wollte er nichts haben. Er wartete, bis sie kam, damit sie sah, wie er ging. Und als sie schließlich ankam, in einem weiten Kleid, einem Hut und den Cowboystiefeln, ist er nicht aufgestanden.

Ich kniete auf meinem Schreibtisch und sah, wie sie aus dem Taxi stieg. Es war spät am Abend, und ich musste wieder durch die Wände hören.

»Du gehst?«, sagte sie. »Gut.«

»Was willst du?«, fragte mein Vater.

Ich hörte den Wasserhahn in der Küche an- und ausgehen, dann meine Mutter, ganz leise:

»Ich möchte darüber nicht sprechen.«

»Es ist ein Fluch«, das rief mein Vater dann. Ich konnte hören, wie er seine Jacke nahm, die Kleiderbügel klimperten.

»Es ist ein Fluch, ihr vertreibt sie alle.«

Er wisse es auch nicht. »Aber irgendetwas ist doch mit den Frauen in dieser Familie«, sagt er, als würde ich nicht dazugehören.

»Irgendetwas ist da.«

Dann nimmt er mich in den Arm, und sein Bart kratzt an meiner Stirn. Er lacht, eigentlich gluckst er, und ich mache mich los.

»Na gut«, sage ich und friere jetzt schon. Der Weg zur S-Bahn ist weit, aber der Weg nach New York ist noch viel weiter. Eine Müdigkeit überfällt mich, so stark, dass ich nicht weiß, ob ich es durch den Hof schaffe.

»Also tschüss«, sage ich, und an der Tür drehe ich mich noch einmal um.

»Ich vertreibe sie nicht«, sage ich, »ganz sicher nicht. Da ist kein Fluch«, rufe ich und meine es so.

*

»Mach die Augen auf.« Mein Großvater hatte einen seidenen Schal um und trug nur einen Handschuh, weil ich den anderen anhatte. Er rauchte mit der freien Hand.

Meine Schuhe raschelten durch das hohe Laub. Ich versuchte, eine Kastanie aufzuheben, das überstehende Leder des Handschuhs knickte ab und drückte sich auf den Kies. Ich hatte die ganzen Taschen voller Kastanien, leicht und hölzern waren sie, der Herbst war schon grau geworden. Mein Blick schweifte so schnell über den Boden, dass mir schwindelig wurde. Der Boden voller Blätter, Äste und Steine war zu einem Tier geworden, auf dessen Rücken ich schlief.

Es war mir egal, dass meine Schnürbänder offen waren.

Ich hatte mich einige Meter vom Weg entfernt, und unter einer Schicht Blätter, da wo es feucht war, fand ich genau das, wonach ich suchte. Mein Herz klopfte schneller, schon bevor ich es vom Boden aufhob. Eine Kastanie, die noch halb in ihrer grünen, stacheligen Schale verborgen war. Ich holte sie aus ihrem weißen Bett, balancierte sie auf meiner gespannten Handfläche zu meinem Großvater, der auf dem Schotterweg stehen geblieben war, und gab sie ihm.

Spaziergänger, die an ihm vorbeigingen, Paare, die sich an den Händen hielten, und Jogger mit kurvigen Waden sahen ihn an. Kurz, aber sie sahen ihn alle an. Meine Hand war kalt, ich drückte sie zu einer Faust zusammen und zog sie in den Ärmel meines Anoraks. Er legte seine Hand an die Brust, fast als wollte er sich verbeugen, und bedankte sich.

»Siehst du«, sagte mein Großvater, »man muss nur suchen.«

5

Ich erinnere mich an unsere Küche, die mit dem tiefhängenden, staubigen Lampenschirm und dem braunen PVC-Boden, den ich als kleines Kind öfter vollkotzte, weil ich es nicht lassen konnte, nachts Traubensaft zu trinken, bis mir schlecht wurde. Diese Lampe warf gelbes Licht, das so gut mit den Stones zusammenging, besonders mit *Out of Time*, aber das lief in dieser einen Nacht nicht, sondern irgendetwas anderes, das ähnlich klang wie die Kassette, die ich aber erst Jahre später aus der Handtasche meiner Mutter klaute – Best of Braunschweig.

Ich war von der Musik und den Stimmen aufgewacht. Als ich durch den Flur schlich, hörte ich eine Frauenstimme klagen, gemischt mit dem Gelächter von Freunden meiner Eltern. Sie saßen alle im Wohnzimmer auf dem Boden, weil meine Eltern etwas gekocht hatten, das man auf dem Boden essen musste, von großen Platten. Den ganzen Tag hatten sie in der Küche gestanden und gelacht. Ich war aufgestanden, vielleicht auch, weil der Zigarettenrauch in mein Zimmer gekrochen kam. Ich lief an der angelehnten Flügeltür vorbei, hinter der es klirrte. Aber ich traute mich nicht hinein ins Wohnzimmer, ging weiter zur Küche. Als meine Mutter aus der Tür trat, lächelte sie so, als wäre gar nichts gewesen. Ein Freund saß auf der Küchenbank, die beiden waren nur zu zweit, und er hatte eine Zigarette zwischen den Lippen. In den Händen drehte er eine Karte. Er wartete geduldig, bis meine Mutter zu mir kam, in die Knie ging und mich bat, wieder ins Bett zu gehen. Auf dem Tisch stapelte sich das Geschirr, braune Holzschalen, und daneben, vor dem Freund, dem Lächelnden, der sich zurückgelehnt hatte, die Arme hinter dem Kopf verschränkt, ein Tablett, und darauf irgendetwas, das ich nicht erkennen konnte. Meine Mutter kicherte und drehte sich um, weil der Freund etwas gesagt hatte und mit der Karte auf dem Tablett hin und her fuhr. Dann schickte sie mich ins Bett zurück und schloss mit dem nackten Fuß die Küchentür.

»Lass mir noch was übrig«, hörte ich noch und dachte, sie spräche vom Essen.

*

Bevor wir fliegen, rufe ich meine Mutter an. Es ist früh am Morgen, die Wohnung ist in graues Licht getaucht, kein Geräusch ist zu hören, nicht einmal Lisas schlafendes Atmen. Ich rauche eine Zigarette, der Koffer steht schon neben der Tür. Ich bin viel zu früh aufgestanden, habe schon geduscht, als es draußen noch dunkel war. Jakob würde erst in zwei Stunden kommen. Ich blicke in den Hof und denke, dass irgendwer doch jetzt einmal aufstehen muss, die Frau vom Kiosk gegenüber wenigstens. Oder der junge Kerl aus dem Erdgeschoss, der immer mit einem Blaumann und rauchend aus der Einfahrt kommt, wenn Lisa und ich morgens nach Hause laufen. Irgendwer muss jetzt aufwachen, sage ich zu mir, während ich das Telefon suche, unter den Kissen, auf dem Sofa.

Ich rufe meine Mutter an. Ich lasse es klingeln. Ich bin aufgeregt und werde ein bisschen wütend, aber sie geht trotzdem nicht ans Telefon, und das hat wohl ausnahmsweise nichts mit ihrer Fähigkeit zu tun, Leute zu ignorieren, die etwas von ihr wollen. Ich lege wieder auf, drücke die Zigarette aus und warte einen Moment. Als ein paar Minuten später die Straßenbeleuchtung angeht, versuche ich es noch einmal, und diesmal klackt es in der Leitung. Elmar hebt ab. Elmar hat das erstickte und unterdrückte Husten von jemandem, der seit vierzig Jahren Luckies ohne Filter raucht und morgens stecknadelgroße Augen hat wie eine Maus. Er hustet und meldet sich mit seinem französischen Nachnamen.

»Ich bin's«, sage ich, und dann noch »Guten Morgen«.

Ich höre es rascheln, er hat sich wohl aufgesetzt, und ich stelle mir vor, wie sie in dem alten Bauernbett liegen, mit schweren Vorhängen vor den Fenstern und vielen Kissen, weil meine Mutter viele Kissen mag und Dunkelheit. Ich kenne das Haus nur von Fotos, aber ich weiß, wie Elmar morgens aussieht.

Jetzt sitzt er auf der Bettkante und reibt sich die Augen. Sie sind verkatert, denke ich, alle beide, und nur, weil ich es nicht bin, fühle ich mich überlegen. Ich tue so, als sei es eine ganz normale Zeit, um anzurufen, und als seien sie selber schuld.

»Marie«, sagt Elmar, mehr nicht, nur »Marie«. Vielleicht denkt er auch daran, wie lange wir nicht gesprochen haben. Für einen Moment ist es still, wir warten beide darauf, dass meine Mutter von selbst aufwacht, und da muss ich lächeln. Elmar schnauft, dann höre ich sein Tabakpaket knistern.

»Ich wollte Fanny sprechen«, meine Mutter.

Sein Feuerzeug schnippt, er hat wohl schon welche vorgedreht, das macht er manchmal; ich erinnere mich an früher, als er, meine Mutter und ich einmal ausgegangen sind, bevor seine Augen so klein und mausig wurden; als er noch gute Lederschuhe trug, da drehte er Zigaretten in der Straßenbahn und im Kino, für später.

Ich höre, wie er den Rauch einzieht, und ich glaube sogar, das Zigarettenpapier brennen zu hören. Ich weiß, welches er verwendet, und welchen Tabak. Jeden zweiten Tag geht er eine steile Straße hinauf ins Dorf zum Laden. Das stelle ich mir vor. Er kauft Tabak und Papierchen nie auf Vorrat, weil er den Weg mag. Der Hund läuft mit ihm und liegt neben Elmar, wenn er hinterher einen Rosé trinkt in einer Bar. So stelle ich es mir vor, aber ich weiß es nicht.

»Kommst du etwa vorbei?«, fragt Elmar. Es sollte ein Scherz sein, das merkt man bei ihm immer schlecht, aber ich bin mir sicher. Er wartet nicht, bis ich geantwortet habe, dann raschelt es wieder.

»Marie, ist was passiert?« Meine Mutter klingt ängstlich, ich bin überrascht.

»Nein«, sage ich, wünsche mir aber kurz, es sei etwas passiert und sie müsste kommen oder ich, und es gebe endlich mal keine Zeit zum Überlegen.

»Nein, es ist nichts passiert«, antworte ich, und leise, im Kopf, sage ich: Du kannst weiter auf deinem Hügelchen deinen Mann vorwurfsvoll ansehen, als hätte er dir etwas gestohlen, und warten, auf der Terrasse vielleicht, so wie du früher bei uns auf dem Sofa gewartet und alles für dich behalten hast. Ich frage mich langsam, ob hinter den ganzen Türen und Vorhängen, wenn ich da mal dahinterkomme, überhaupt ein Geheimnis ist.

Aber das sage ich nicht laut.

»Es ist gar nichts passiert. Ich wollte nur sagen, dass ich nach Amerika fliege, heute noch, nach New York.«

»Oh«, sagt meine Mutter. »Ja, Wahnsinn.« Dann seufzt sie.

»Ich wollte das nur sagen, falls etwas sein sollte, falls du mich erreichen willst oder so.«

»Ja«, sagt sie, »danke.«

Ich warte, ob sie von allein versteht, weshalb ich nach New York fliege, aber sie tut es nicht.

»Weißt du noch was?«, frage ich, »also über ihn oder seinen Freund Elias oder diesen anderen?«

Ich halte inne, weil ich viel zu schnell gesprochen habe.

»Aaron«, sagt sie. »Aaron, der lebt noch, vielleicht, ich glaube, Elias ist tot, keine Ahnung. Oder andersrum.«

Andersrum, denke ich. Sie stöhnt.

»Marie, tut mir leid, war gestern viel Wein.«

Gestern, denke ich, gestern und die letzten fünfundzwanzig Jahre.

»Cohn, so heißt er, oder Cornblum, wie die halt alle immer heißen. Du, Marie, ich weiß es nicht«, das sagt sie noch, als würde ich sie stark unter Druck setzen.

»Ja«, erwidere ich, »ich weiß schon.«

»Ein Schmuckgeschäft, glaube ich, hatte der«, sagt sie. Dann lacht sie, und es ist lange her, dass ich ihr Lachen gehört habe.

»Mama, ich muss los«, murmele ich, obwohl das nicht stimmt.

»Na gut.« Wir schweigen. »Pass auf dich auf«, sagt sie noch und legt auf. Bevor es knackt, höre ich Elmar husten, aber so, als wäre er schon aufgestanden und aus dem Schlafzimmer auf den Flur hinausgegangen.

*

Mein Großvater trommelt mit den Fingern auf der Tischplatte, neben seinem Glas. Eigentlich nur mit einem Finger, dem Zeigefinger. Dann holt er das Zigarettenetui aus der Innentasche seines Jacketts; dafür muss er es erst ausziehen. Er hält das Jackett in der Hand, während er nach dem Etui sucht. Ich sehe, wie dünn er ist, wie klein und rundlich sein Oberkörper und wie schmal seine Arme, seine Finger wie Hühnerknochen. Seine Bewegungen ruhig und gelassen, ich kenne es nicht anders, aber plötzlich denke ich: Vielleicht sind seine Bewegungen gar nicht ruhig, vielleicht findet er einfach nicht, wonach er sucht, und das ist alles.

Neben seinem Feuerzeug auf der gesprungenen Glasfläche des Bistro-Tisches liegen Kinokarten. Genaugenommen liegt dort nur eine Kinokarte. Roman Polanskis *Ekel.* Eine Eintrittskarte für die Premiere. Ich versuche, hinter meinem Großvater auf die Straße zu sehen. Im buckligen Pflaster spiegeln sich die Laternen, Menschen rennen durch den Regen. Die Karte ist zerknickt, die Vorstellung vorbei. Als die Tür des Bistros mit einem Schwung aufgeht, lächelt mein Großvater. Er spürt die regenfeuchte Luft und wischt sich über den weißen Hemdsärmel, als hätte er ein Tröpfchen abbekommen. Eine ganze Gruppe junger Leute betritt den Raum, der sich sofort mit Anspannung füllt.

Ich drehe mich einmal um und sehe meinen Großvater jetzt von weitem, vom Tresen aus, dort sitzen. Er hebt die Hand, nachdem er sein Glas ausgetrunken hat, als wollte er etwas bestellen, bei mir.

6

Ich weiß nicht, an welchem Tag ich beschließe, dass Jakob wieder fahren muss. Oder wann er beschließt zu gehen. Ich weiß nur, wie egal es mir ist und dass es mir vorkommt, als wäre es eine Ewigkeit her, zusammen mit ihm am Flughafen gewesen zu sein. Ich verdränge den Gedanken, ihn nur gebraucht zu haben, um hierherzukommen. Er hätte auch am Flughafen nach der Landung wieder umdrehen können. Ich stelle mir vor, wie Jakob mit mir aussteigt, am Gepäckband wartet, dass ich meinen Koffer herunternehme, und seinen eigenen weiterfahren lässt, bis er wieder hinter dem Plastikzungenvorhang verschwunden ist. Er dreht sich um, nachdem er mich umarmt hat, und sagt: »Bis hierhin, weiter weiß ich nicht, aber das muss ich ja auch nicht.« Und ich sage: »Aber Jakob, wir sind doch zusammen hier«, und er sagt: »Nein, das stimmt nicht.«

Doch stattdessen ist er mitgekommen, seinen Koffer in der Hand, darin ein Reiseführer, und in dem Reiseführer schon Notizen, wo wir überall hingehen müssen, und gewechseltes Geld.

Die ersten Tage ist er immer schneller als ich. Schneller

am Automat für die U-Bahn-Karten, schneller am Kiosk, um eine Cola zu kaufen, schneller an der Rezeption, um mit dem dicken mexikanischen Portier über die Klimaanlage zu reden. Ich laufe immer ein paar Schritte hinter ihm, manchmal bleibe ich auch ganz stehen, bis er sich umdreht.

»Marie, warum bleibst du stehen?« Und dann lacht er und streckt die Hand aus.

Ich will nichts sehen, schon gar nicht, wenn Jakob drauf zeigt. Nicht die Häuser, nicht die Gullydeckel, aus denen es tatsächlich dampft, nicht die von Autos verstopften Straßen.

An unserem letzten Abend gehen wir essen. Ein kühler Wind ist aufgekommen, mich friert es, so wie man friert, wenn man den Tag über am Strand gewesen ist. Wir sitzen in einem Restaurant, das Jakob ausgesucht hat, und essen Fisch. Ich trage das schönste Kleid, das ich dabei habe, und bekomme zum dritten Mal den Weißwein nachgeschenkt, während Jakob sein Glas kaum anfasst.

Am Nachmittag waren wir durch den Central Park gelaufen. Wir waren am Teich und dann bei den Seelöwen und Eisbären im kleinen Zoo herumgestanden. Die Sonne war heiß gewesen und hell, den ganzen Tag. Noch immer tanzen grüne Punkte vor meinen Augen. Ich blicke durch den verspiegelten großen Raum mit den hohen Fensterscheiben. Dahinter die Autos und Abendregen, ganz leicht zieht der Wind an den weißen Tischdecken auf der Terrasse.

Das muss klappen, denke ich, mit dem Wein und dem Kleid und der schönen Jugendstildecke. Ich lege den Kopf in den Nacken und verliere ein bisschen das Gleichgewicht auf dem Stuhl. Ich muss kichern, das Paar am Nebentisch kichert auch. Nur Jakob nicht so richtig.

Sie sind vielleicht Ende fünfzig und sehen uns milde an. Sie sehen mehr uns an als sich gegenseitig. Auch sie bestellen Austern, genau wie wir.

Ich drücke meine Zunge an die letzte kalte Muschel und denke an einen Urlaub mit meinen Eltern. Eine Welle hatte mich erwischt, und ich hatte so viel Salzwasser geschluckt, dass ich den ganzen Tag den brennenden Geschmack im Hals und in der Nase nicht losgeworden war.

Mit dem Weißwein spüle ich das graue Fleisch der Muschel runter und lecke mir über die Lippen. So schmecken also Austern, denke ich, nach alten Steinen. Ich bin mir sicher, Jakob findet das auch, nur sagt er es nicht. Die Weinflasche könnte schon leer sein, wir könnten beide lachen und die Austern heimlich umdrehen, bevor der Kellner kommt. Wir könnten ihn anlügen, sagen, dass es ausgezeichnet war. Aber so passiert es nicht. Jakob nimmt ein Stück Weißbrot, um seinen Teller sauber zu machen.

Ich will, dass er seinen Wein austrinkt. Ich bin wütend, das kenne ich von mir, so geht es mir oft, wenn die anderen nicht so viel trinken wollen wie ich.

Es hätte ein toller Abend werden können, wenn wir nur alle betrunken gewesen wären. Das denke ich oft, hinterher.

Ich entschuldige mich, gehe aufs Klo und lasse meinen Blick durch den Raum wandern, prüfe, ob mir jemand nachsieht.

»Es ist, als ob du gar nicht richtig dabei bist«, hatte Jakob zu mir gesagt, als ich wie ein kleines Kind, das Kinn auf den Armen aufgestützt auf dem Geländer im Zoo, den Eisbären beobachtete.

»Echt?«

Er hatte genickt und geantwortet: »Du machst immer nur große Augen und läufst mir hinterher, als wäre es nicht deine Idee gewesen.«

Ich erschrak, schwieg und sah dem Eisbären zu, wie er langsam von dem Stein ins Wasser rutschte. Er hatte die ganze Zeit in der Sonne gelegen und sich von einer Seite auf die andere gerollt, während die Leute, die in einem großen Kreis um seine Insel standen, gelacht hatten und ihn fotografierten. Dann plötzlich war er ins Wasser gerutscht. Mit dem Arsch voran, und ich hatte so getan, als würde die Zeit stehen bleiben, was sie nicht tat. Als der Eisbär schon ein paar Momente unter Wasser war und unter dem Dunkelblau zitterte, umarmte ich Jakob.

»Es tut mir leid«, sagte ich, »es ist einfach viel für mich.« Daraufhin hatte Jakob vorgeschlagen, in dieses berühmte Restaurant zu gehen. Und ich hatte sofort gehofft, wir würden uns betrinken. Und tanzen und schwitzen und auf die Straße taumeln. Ich hatte mir vorgestellt, wie wir Wein in eine große Schale schütten würden, so groß wie der Napf, in dem das Fressen für die Eisbären lag, und wie wir uns dann auf alle viere knien würden und mit dem Gesicht voran aus der Schale tränken, gleichzeitig.

Ich habe es nicht eilig zurückzugehen. Auf dem Klo wasche ich mir sorgfältig die Hände und streiche Falten aus meinem Kleid. Ich habe meine Handtasche dabei, tupfe mir Lippenstift auf und sehe mich im Spiegel an, ohne zu merken, dass das Wasser noch läuft. Es stimmt alles, das Kleid und das Restaurant, der Kellner, der auftaucht, sobald ich denke, ich könnte noch einen Schluck vertragen. Aber ich fühle mich wie hinter Glas, und die Leute um mich herum kommen mir vor wie Pappfiguren, nur die in der U-Bahn nicht. Ich wünsche mir, dass mich keiner kennt, gar keiner. »Auf was wartest du?«, hatte Jakob mich gefragt, und ausgerechnet das fällt mir jetzt wieder ein, nur dass da kein Eisbär mehr ist, der mich ablenken kann, also muss ich schlucken und meinen Kopf festhalten, weil mir heiß wird. Ich hole mein Handy aus der Tasche hervor und den Zettel mit den Telefonnummern. Dann eben jetzt, denke ich. Zwei Nummern stehen da drauf, meine Finger sind kalt, als ich wähle. Vielleicht leg ich auch einfach auf, wenn jemand hingeht, denke ich noch. Oder ich ruf morgen wieder an, falls keiner abnimmt. Oder ich fahr einfach wieder nach Hause und sehe ein, dass es eigentlich egal ist, ob ich jemanden von denen treffe. Es tutet zweimal, immer pärchenweise, nicht wie bei uns, so langgezogen und lustlos. Ich hasse es, fremde Leute um etwas zu bitten. Ich hasse es, Leuten meinen Namen nennen zu müssen, die mich nicht kennen. Ich stelle mir dann immer vor, wie sie irgendwo stehen, der Mund halboffen, gestört beim Essen oder sonstwo, und nicht wissen, wer da was von ihnen will.

Bevor ich die Stimme verstehen kann, vernehme ich ein Rumpeln und Schritte im Hintergrund. Eine Frauenstimme, vielleicht alt, vielleicht auch nur müde oder verraucht.

»I am sorry«, sage ich vorsorglich, den Daumen auf dem Knopf zum Auflegen.

»I am sorry to bother you.«

Dabei laufe ich durch den Waschraum wie ein Tiger im Käfig. »My name is Marie, I am from Germany, and I believe you and your husband knew my grandfather.«

Es herrscht kurz Schweigen. Die Frau ruft etwas in einer Sprache, die ich nicht verstehe, in den Hintergrund, und das Gerumpel verstummt. Ich kann ihren Akzent hören. »Marie«, wiederholt sie, sie sagt nicht »Mary«, so wie alle hier in ihrer freundlichen, naiven Art. »Marie«, wiederholt sie noch einmal und rollt dabei das »r«. Ich sage schnell den Namen meines Großvaters, aber anstatt zu antworten, ruft sie wieder etwas in der anderen Sprache, dann höre ich Leute lachen.

»Good Lord«, sagt sie, »you come to see us.«

Sie lacht, und ich weiß nicht, ob das eine Frage war oder eine Einladung oder eine Feststellung. Ich weiß gar nichts, ich höre nur eine Stimme, die jetzt nah neben ihr ist. Jemand anderes hat den Hörer in die Hand genommen, jemand, der ernst ist und nicht gut gelaunt, aber jung.

»Can we call you back«, will derjenige wissen, auch mit Akzent, aber nur ganz sanft.

»Sure«, sage ich und gebe ihm meine Nummer und den Namen vom Hotel. Aber ich glaube der schönen Stimme kein Wort, als sie sagt, er habe es aufgeschrieben und werde sich melden. Aus dem Hintergrund kommt wieder Geschrei und Gepolter und Gelächter, auch noch, nachdem wir uns verabschiedet haben. Ich bleibe stehen, bewegungslos, hypnotisiert. Ein Gefühl, so wie wenn man bei Sturm das Fenster aufmacht, vom Wind erfasst wird und es dann schnell wieder schließt.

Als ich wieder zurück zum Tisch gehe, hat sich das ältere Ehepaar endlich getraut und Jakob angesprochen, oder andersrum. Der Mann lehnt sich gerade zu Jakob hinüber, der mit den Händen irgendetwas zu erklären versucht, aber sie werden unterbrochen, weil ein Kellner zwischen den beiden Tischen hindurch muss. Die Frau hat ihr Kinn auf den Händen aufgestützt und versucht, dem Gespräch zu folgen; ich bin mir sicher, dass sie nichts verstehen kann, weil sie zu weit weg sitzt. Als ich näher komme, drehen sich alle nach mir um, als sei ich der lang ersehnte Ehrengast, als habe ich zu ihrem Glück gefehlt.

Ich setze mich, und Jakob stellt sie mir vor. Ellen und Michael aus Chicago, sie feiern Ellens Geburtstag in New York, dabei zeigt Jakob auf jeweils einen der beiden mit seiner flachen, ausgestreckten Hand. Dazu lächelt er, als gebe es da etwas zu verstehen. Auch ich stelle mich vor und greife gleichzeitig nach meinem Glas, mit zu viel Schwung, der Rand stößt gegen meine Zähne. Keiner hat etwas gemerkt, nur meine Zähne schmerzen, und Ellen wendet sich gleich zu mir um, damit alles seine Ordnung hat.

Ob wir ein Musical gesehen hätten, fragt sie mich, und ich schüttele den Kopf.

»Das müsst ihr unbedingt!«, sagt sie noch und nennt Namen, während ich an den Eisbären denke und wie er auf dem Rücken geschwommen ist. Ich lächele sie an und bedanke mich für die Empfehlungen. Auch sie lächelt. Und erst da sehe ich die Sommersprossen und ihre blauen Augen. Sie trägt eine weiße Bluse und eine Perlenkette. Ein Musical also, am besten *Miss Saigon,* höre ich und nehme wieder einen Schluck.

Wie gut wäre es, wenn Jakob auch betrunken wäre, denke ich wieder. Dann würde es ihn bestimmt nicht stören, wenn ich mit meinem Fuß zwischen seine Beine fahren würde, während wir das Dessert bestellen und Michael und Ellen über Musicals reden. Ellen lacht plötzlich laut, aber vornehm, ich habe nicht aufgepasst und lache trotzdem, und sie strahlt. Auch Michael strahlt und hebt sein Glas, und ich will Jakob nicht mal mehr ansehen, will nicht sehen, wie er mit diesen Leuten anstößt, wie er sich immer mit allen gut versteht, wenn es sein muss. Betrunken oder nicht, denke ich, und rutsche langsam auf meinem Stuhl nach vorne, streife einen Schuh ab und hebe mein Bein. Langsam fahre ich am Tischbein hoch. Ich genieße den Druck der Kante an der Fußsohle und taste mich weiter auf der Suche nach Jakobs Oberschenkel. Mit den Handflächen muss ich mich auf meiner Stuhlfläche abstützen, um nicht runterzurutschen. Dann endlich spüre ich Stoff an der Haut und klemme die Hose zwischen meine Zehen ein. Ich konzentriere mich, ziehe daran und lasse den Blick bei Ellen, die vom Flug erzählt und den ewigen Sicherheitskontrollen.

»It's awful but necessary.«

Ich fahre inzwischen mit meinem Fuß über sein Knie, mein Bein nur noch leicht angewinkelt, quer unter dem Tisch, fast ausgestreckt. Ich arbeite mich weiter nach oben vor, bis zwischen die Beine, dort lasse ich meinen Fuß für einen Moment ruhen. Ich bin aufgeregt, und als ich Jakob lachen höre und noch ein Mineralwasser bestellen, ganz locker, und sehe, wie er sich dabei auf seinem Stuhl umdreht, weiß ich, dass ich falsch bin. Ich hebe den Blick. Jakob lächelt mich an. »Willst du auch noch was?«

Michael aus Chicago hingegen sagt nichts mehr. Er hat die Hände links und rechts auf dem Tischtuch neben dem Teller, seine eine Hand umklammert die Dessertgabel. Aus irgendeinem Grund nehme ich meinen Fuß aber nicht sofort aus seinem Schritt, sondern starre ihn an, als könne ich so die Zeit anhalten. Michael atmet einmal schwer ein und aus, und unter meinem Fuß spüre ich wieso. Also nehme ich ihn weg, setze mich wieder gerade hin, trinke einen großen Schluck und sage zu Ellen, dass es aber auch wirklich mehr geworden sei mit den Kontrollen am Flughafen seit dem elften September und dass man es nicht übertreiben dürfe. Jakob findet das auch, Michael sagt nichts, er hält nur die Gabel fest, und irgendwie freue ich mich, dass ich nicht Jakob erwischt habe.

Später allerdings, als wir gehen wollen und ich noch einmal kurz aufs Klo verschwinde, diesmal nur wegen des ganzen Weins, lauert Michael mir auf. Er wartet vor der Tür, aufrecht wie ein Erstklässler, und springt auf mich zu, als ich wieder rauskomme. Ich tue ganz erstaunt, dabei habe ich es geahnt. Er schiebt mich in den Waschraum.

»When can I see you again?«

Ich löse mich aus seinem Griff.

»This is the ladies' room«, sage ich.

»Can I call you? How long will you be in town for?«

Sein Atem ist schon sehr flach. Richtig eklig kann ich ihn aber nicht finden; fast mache ich mir Sorgen um sein Herz.

»I don't know«, antworte ich, »please.«

Ich schiebe ihn weg, und er lässt brav ab, klappert mit den Lidern.

»You call me«, sagt er, »okay?« Dann fummelt er aus seiner Gesäßtasche seinen Geldbeutel und gibt mir seine Karte.

»Ellen is looking for you«, sage ich und hauche die Worte ein bisschen. Er nickt, zögert einen Moment und geht dann schnell, ohne sich zu verabschieden.

Jakob hat draußen auf mich gewartet, fragt, ob alles in Ordnung sei, und ich antworte ihm mit einem »natürlich«. Ich bin froh, dass das mit Michael passiert ist, sonst wäre an diesem Abend gar nichts passiert, trotz der Austern. Und da bin ich wie meine Mutter: dass gar nichts passiert, das halte ich nicht aus.

Am nächsten Tag ruft Nicolas zurück. Ich kannte seinen Namen gar nicht, aber wer soll es sonst sein, außer die unfreundliche Stimme vom Vorabend. Es ist früh am Morgen, Jakob ist gerade aufgestanden, um Kaffee zu holen. Wir wohnen in einem kleinen Hotel in Manhattan, jenseits der 110. Straße, gegenüber von einer Gospelkirche. Morgens hört man die mexikanischen Arbeiter diskutieren.

Nachdem ich aufgewacht und von dem hohen, weichen Bett gerutscht bin, sehe ich durch das Hochschiebefenster hinunter in den Hof. Ich beobachte, wie zwei Frauen Berge von zusammengefalteten weißen Bettlaken hin und her tragen und ein stämmiger Kerl mit umgedrehter Kappe große schwarze Müllsäcke auf die Tonnen wirft. Wenn die Frauen in den Leggins aus der Waschküche kommen, machen ihre Schuhe ein pappendes Geräusch. Sie reden ununterbrochen, und es dampft hinter ihnen aus der Tür. Sie rauchen gemeinsam im Hof und hören nicht auf zu reden, bis sie wieder hineingehen und die Stimmen von der schweren Metalltür mit einem Schlag abgeschnitten werden.

Ob mit der Klimaanlage in unserem Zimmer alles in Ordnung ist, will der Portier wissen. Als wäre eine funktionierende Klimaanlage das Allheilmittel. Ich stehe an der Rezeption aus falschem Holz und warte, dass er die Nachricht für mich raussucht. »You've got a call.« Meine Mutter, denke ich und bin mir auf einmal todsicher, bis er »A young man« nachsetzt. Er trägt ein kurzärmeliges Hemd mit drei gleichen Stiften in der Brusttasche.

Der Mexikaner mit der Kappe, den ich zuvor im Hinterhof beobachtet hatte, drückt sich hinter ihm vorbei in eine Kammer. Kurz sieht er mich an, dann schnell wieder weg, als hätte er mir gerade etwas aus dem Zimmer gestohlen. Ich starre auf den Zettel, den mir der Portier gibt:

Have her call me. Nicolas.

Darunter eine Handynummer. Der Portier wischt sich über seine Halbglatze. Es täte ihm leid, sagt er, seine Frau hätte einfach aufgeschrieben, was der junge Mann gesagt habe. Ich bedanke mich und falte den Zettel ganz klein in meiner Hand zusammen, weil ich keine Tasche habe. Jakob wartet schon mit dem Kaffee vor dem Hotel auf mich, sucht die richtige U-Bahn nach Chinatown heraus. Dann muss er eben noch dort stehen bleiben, denke ich, ein paar Minuten wenigstens; schnell renne ich zurück zum Lift und fahre hoch in unser Zimmer, als dürfte ich keine Minute verlieren. Diesmal hoffe ich, dass jemand rangeht, diesmal schäme ich mich nicht. Im Gegenteil, ich hoffe mit jedem Haar auf meinem Arm, das sich aufstellt, als ich das Telefon an mein Ohr drücke, dass jemand abnimmt.

»Yes?« Es ist wieder die Stimme vom Vorabend, die jüngere.

»It's Marie«, sage ich. »We spoke last night.«

Eine Pause, Nicolas raucht oder schluckt oder verlässt einen Raum oder setzt sich hin. Jedenfalls klingt seine Stimme danach näher am Telefon.

»One second«, sagt er dann und legt den Hörer beiseite. Ich warte und fange an zu frieren, so gut funktioniert die Klimaanlage.

»Marie? Sorry. I am kind of busy.«

Ich entschuldige mich gleich dreimal und sage, ich könne ja später noch mal anrufen, aber Nicolas bleibt ruhig, es sei schon in Ordnung.

»My mother was upset«, sagt er, und dann höre ich ganz deutlich, dass er raucht.

»The memories, you know.«

Ich weiß gar nichts, antworte trotzdem einfach mit Ja. Nicolas bläst klangvoll Rauch aus.

»She is wondering what you want from her.«

Ich werde ungeduldig und auch ein bisschen sauer, als wäre Nicolas gerade auf meine Sandburg gehüpft, mit dem Arsch voran, wie der Eisbär, nur mit Absicht.

»They were friends, Aaron and my grandfather. I don't know your mother.«

Nicolas schnauft.

»That's my father«, sagt er. »He's dead.«

»Ach so«, meine ich. Vielleicht einfach nur, weil Nicolas das so gesagt hat, als hätte ich es wissen müssen.

Dann sage ich: »Sorry, I did not know«, und befürchte, er werde das Gespräch jetzt beenden.

»I don't like German. It is a very unpleasant language.«

Ich warte kurz, versuche, mir vorzustellen, wie Nicolas aussieht, wo er wohnt, was er macht, aber es gelingt mir nicht. Dabei geht das sonst immer.

»I don't want anything«, sage ich und denke: Nimm das.

»You always want something«, murmelt er.

Ich mache meinen Mund auf und wieder zu, wie ein Fisch.

»Can I meet with your mother?«

Ich balle schon eine Faust, so ärgert mich dieser Mensch mit seiner schwachen Stimme. Nicolas spricht langsam und bedacht, er atmet lauter, als er spricht, als käme nur Rauch aus seinem Mund. Er wird Nein sagen, denke ich, und dass ich nie wissen werde, wie er aussieht.

Nicolas überlegt oder tut so als ob. Jedenfalls lässt er sich Zeit.

»You could see her for dinner«, sagt er schließlich, »but you'd have to come here, she is old you know …«

Ich unterbreche ihn trotzig. Das sei mir schon klar, sage ich. Nicolas lacht.

»Well, German, I'll ask her and get back to you.«

Ich bin enttäuscht, denke, ich könnte direkt los, in irgendeine Bahn steigen und endlich hinter diese Tür blicken, an der ich bisher nur hatte lauschen können.

»Yes«, sage ich, »thank you.«

Ich lege auf, und es fühlt sich an, als hätte ich einen Kampf hinter mir; Nicolas hat gewonnen, natürlich. Ich muss an Lisa denken, wie sie in der Küche am Tisch sitzt, das Gesicht ganz dicht über der Zeitung, und zu mir aufsieht. Sie lächelt, zwinkert und verschwindet wieder.

*

Ich hatte Jakob schon einmal eine Chance gegeben – das mit den Austern war nicht die erste. Im Januar war das gewesen, vor unserer Reise, auf dem Weg von einer Party nach Hause. Laut war es gewesen und rauchig, und ich hatte mit einem von Jakobs Freunden geflirtet, einem aus der Schweiz mit sehr reichen Eltern. Ich wollte gar nichts von dem, aber gegen Lachen und Haare schütteln konnte ich nichts machen, das kam irgendwie automatisch. Jakob hatte mich beobachtet, durch den Raum, war aber nicht zu mir gekommen, um mich am Handgelenk zu packen und zu sagen: »Wir gehen, sofort!« Er hatte nur geguckt, knopfaugig, und irgendwann freundlich gesagt, er würde gern gehen. Auf dem Heimweg hakte ich mich bei ihm ein, ich tat mich schwer auf den zarten Eiskrusten mit den hohen Schuhen. Jakob sprach kein Wort, sondern zog nur zu kräftig. Wir liefen über einen kleinen geschlossenen Marktplatz, vorbei an Stehtischen, ein bisschen festgefrorenem Obst am Boden und dunkelgrünen Planen über den Auslagen. Ich blieb stehen, wartete, wie viele Schritte Jakob, der Verletzte, weitergehen würde, bis er sich nach mir umdreht. Dann trat ich von einem Fuß auf den anderen.

»Zieh halt nicht solche Schuhe an«, zischte er, den Kragen hochgeschlagen, den Schal fest um den Hals. Recht hatte er ja, irgendwie.

»Kennst du das?«, fragte ich ihn und bewegte mich nicht weiter, damit er frieren musste, so wie ich, die Kälte hatte etwas Schneidendes, Luftleeres, nicht mal Schnee gab es. Ich fror so sehr, dass das, was ich sagte, nur stoßweise herauskam, manche Silben verschluckte ich.

»Kennst du das?«, fragte ich, »wenn du denkst, jemand ist hinter dir oder in deiner Nähe? Manchmal denke ich, das kann kein Zufall sein.«

Jakob guckte mich mitleidig an. »Was kann kein Zufall sein?« Ich ruderte mit den Armen, zeigte auf die vom Winter schmalen Bäume. »Dass wir plötzlich ganz allein sind. In so einer großen Stadt, als ob alles ganz leer geworden ist.«

Jakob ließ den Kopf sinken.

»Dann denke ich immer, das passiert nicht ohne Grund, sondern damit ich etwas anderes sehen kann. Und dann bleibe ich stehen und warte, was kommt. Weil das kein Zufall sein kann.«

Ich redete auf einmal ganz schnell, ballte die Fäuste in meinen Taschen, und Jakob kam auf mich zu. Er legte den Arm um mich.

»Komm, wir gehen heim.«

»Es tut mir leid«, sagte er noch, und dass er nicht empfindlich sein wollte.

Die Ampeln schalteten das zweite Mal um, ohne dass Autos über die Kreuzung fuhren. »Empfindlich« war das letzte Wort auf dem leeren Marktplatz.

Vielleicht hätte ich besser erklären können, was ich meinte, ja. Dass ich in solchen Momenten eine Botschaft sehe und andere nur einen leeren Platz. Aber »empfindlich« als letztes Wort, das ärgerte mich, und deshalb dachte ich gleich: Na gut, eine Chance hast du noch, eine auf jeden Fall.

Die hatte er auch, als wir ein paar Wochen später im Park waren und ich ihm erzählte, seit Monaten nicht mit meiner Mutter gesprochen zu haben, was ja eigentlich in Ordnung sei, da wir so viel hätten, worüber wir nicht sprächen, und deshalb so wenig bliebe, worüber wir sprechen konnten. Und darauf meinte Jakob nur, das verstehe er gar nicht, so was müsse man doch klären.

Und ich meinte, dass das nicht so einfach sei, und wollte von der Kassette erzählen und von Braunschweig und den Drogen, aber so weit kam ich gar nicht, weil ich nicht wusste, wo ich anfangen sollte. Deshalb sagte ich nur, dass meine Mutter immer auf etwas gewartet habe und dass sie nicht wusste, was sie den anderen damit antat. Jakob fand, das ginge so nicht. So käme man doch nicht weiter als Familie, und auch nicht mit der Kommunikation.

Da seine Mutter inzwischen wieder als Heilpraktikerin und Homöopathin arbeitete, seit auch der Jüngste fast aus dem Haus war, könnte sie dabei vielleicht helfen, meinte Jakob. Ich drehte den Kopf weg, konnte ihn gar nicht ansehen, sondern nur den Enten hinterher, die, ganz so als sei ihnen auch kalt, schnell über die kalte, knusprige Wiese zum See liefen.

»Wie könnte die denn helfen?«, fragte ich ihn, weil es mich wirklich interessierte, wie Jakob das jetzt angehen würde.

»Ihr könntet ja mal zu ihr gehen, beide zusammen«, antwortete er, »sie ist sehr einfühlsam. Seit sie die schamanische Reise gemacht hat im Herbst, hat sie es einfach raus mit Leuten, sie weiß, was die brauchen und so.«

Ich schaute den Enten hinterher, die alle kurz und schmerzlos ins Wasser glitten. Ich wollte es ihm nicht übel nehmen, tat es aber trotzdem, sehr.

Nicht nur, dass das nicht ging, weil meine Mutter in Frankreich lebte und seit dem letzten Entzug vor fünf Jahren auch nicht mehr in München war, sondern auch die Vorstellung, wie es wäre, wenn meine Mutter auf der hellen

Couch im Souterrain im Haus von Jakobs Eltern säße, die Beine übereinandergeschlagen, wahrscheinlich in ein paar Jacken gewickelt, in engen Jeans, die sie immer noch trägt, den müden, klaren Augen, konnte ich ihm unmöglich beschreiben. Sie würde trotz aller Zigaretten jünger aussehen als Jakobs Mutter, die Gesunde, die Heilsame. Und Jakobs Mutter würde von den Tieren erzählen, die jeder in sich trägt, und meine Mutter würde sich vorbeugen, die Arme verschränkt, und sagen: »Ist das Ihr Ernst?« Dann würde sie aufstehen und mit ihren einsfünfundfünzig und gehobener Nase wie eine Königin das Zimmer verlassen.

»Bitte entschuldigen Sie mich«, würde sie sagen, und es würde mehr klingen wie: »Sie können mich mal.«

Jakob knotete seinen Schal noch fester und sah mich groß an. Da musste ich laut lachen, so sehr, dass mir mein Hals wehtat und meine Schläfe pochte. Ich dachte, ich bekäme vielleicht einen Schlaganfall mitten im Englischen Garten um die Mittagszeit. Eine Chance kriegt er trotzdem noch, beschloss ich trotzdem.

*

Von meinem Großvater hatte ich ihm schon vor New York erzählt, immer ein bisschen. Jakob hatte aufmerksam zugehört und auch mal gelächelt, ganz sanft, und meine Hand genommen. Das mit Catherine hatte ich ihm aber vorenthalten. Ich dachte, er könne das besser verstehen, wenn wir erst mal das Sandwich äßen, wenn wir erst mal da wären, in dieser Kneipe an der Ecke, dann wäre das bestimmt alles ganz einfach.

*

Es ist ein heißer Tag, als wir endlich an der Houston Street sind. Wir haben es schnell gefunden, weil Jakob ja den Faltplan dabei hat, der sich öffnet wie ein Himmel-und-Hölle-Spiel. Jakob liest im Reiseführer, während ich ihm gegenübersitze und es in meinem Kopf so laut brüllt, dass ich es nicht mehr überhören kann.

Auf der einen Seite des Raumes verläuft die meterlange Theke. Dahinter viele Leute in weißen Schürzen und Käppchen wie Metzger. Sie machen Sandwichs, grillen Steaks, reichen die Bestellung dann über die hohe Vitrine und brüllen den Namen des Gerichts durch den Raum. Viele alte Leute sind da, essen in Seelenruhe die dick belegten Brote und schweigen. Aus der Küche hinter der Theke klappert es laut. Geschirr wird gespült, Dampf zieht über die Tische. An den Wänden hängen überall Fotos, Rahmen an Rahmen, an der Decke eine Reihe Ventilatoren, die sich alle unterschiedlich schnell drehen.

Wir bestellen nichts zu essen, und trotzdem sehe ich immer wieder rüber zu den Köchen, wie sie die kleinen Zettel mit den Bestellungen festklemmen oder abreißen und zusammenknüllen.

Kein Sandwich, weil wir gerade erst gefrühstückt haben. Allein will ich keines essen, allein so einen Berg Fleisch, das geht ja nicht. Es ginge nur, denke ich und sehe mir die alte Frau an, die am Nebentisch die Gurke aus ihrem Sandwich zieht und das Brot dann wieder zusammenlegt, wenn ich allein wäre. Aber ich bin nicht allein, so wie ich es gern gewesen wäre. Alles fühlt sich falsch an. Draußen rauschen die Taxis flach über die Kreuzung, und ich habe es falsch gemacht. Nichts passiert, weil nichts passieren kann. Jakob ist da. Endlich sitze ich dort, an der Ecke, in der Stadt, und nichts passiert. Alle gucken mich nur an. Die ganzen Jungs, dick, dünn, haarig, verschwitzt, hinterm Tresen, mit Fleisch in der Hand und großen Messern – alle schauen sie mich an, stützen sich aufeinander ab, wischen sich die Hände an den Schürzen sauber und den Schweiß mit dem Unterarm von der Stirn. Sie sehen rüber zu mir. Sie stellen die Arbeit ein, und deshalb sehen auch die Kunden zu mir, einer nach dem anderen. Aber niemand wird wütend, keiner. Die Metzgerjungs lächeln sogar, flüstern sich etwas zu. Die Kunden, die alten Männer, die Buckligen – sie glotzen einfach nur. Alle warten. Nur Jakob guckt nicht, sondern blättert im Reiseführer. Und vielleicht hat er ja auch Recht. Was soll schon passieren oder sich erklären, wenn wir 500 Gramm Pastrami zusammen essen würden?

»Wo müssen wir genau hin wegen deinem Opa?«, hatte Jakob mich am ersten Tag gefragt. Zu welcher Bank und zu welchem Amt, und warum und wie lange, und am liebsten hätte er Durchschläge gehabt, wahrscheinlich. Und ich wunderte mich und dachte, wie geht denn das zusammen? Das Plakat an seiner Zimmertür und die Band, es dann aber so eilig haben. Und mich dabei so angsterfüllt anschauen.

»Wo willst du denn genau hin?«

Da fiel mir natürlich mein Vater ein, und was er in seinem Hausflur über den Fluch gesagt hatte. Dass wir alle Männer vertreiben. Weil blöd ist der Jakob ja nicht, und man muss ja wissen, auf wen man sich einlässt. Der Fluch, so was spürt man.

»So einer ist das«, hatte Lisa gesagt, schon ganz am Anfang. »Der weiß genau, wann das ein Ende hat mit dem Studentendasein. Jetzt noch Band und Philosophie und saufen und so, aber dann ist das auch ganz schnell vorbei.«

Das hatte sie gesagt und zwischendurch ihr Müsli gekaut, und ich: »Quatsch, der ist nicht so.«

Jakob hatte bei unserem ersten Kuss auf der Party im Flur nach Bier geschmeckt und mich gegen die Wand gedrückt, fordernd, das gefiel mir, natürlich. Dann plötzlich schamanische Reisen, und dort, in der Bar, nicht mal hochgucken und riechen und hören, wie die Wurst dick hinter dem verkratzten Glas liegt, die Kasse klirrt, die Tür hin und her schwingt, und dass die alten Leute tatsächlich Hüte anhaben in dieser Stadt und in diesem Viertel. Jakob, schau doch mal.

Auch wenn es nichts zu bedeuten hat und es mir nichts bringt; es reicht doch schon, das alles zu sehen. Das ist doch schon was. Aber Jakob liest nur weiter, und ich weiß, dass es keine Chance mehr für uns gibt.

»Mir ist heiß«, sage ich. »Ich glaub, ich will mal raus.«

Und Jakob sagt: »O.k., ich komm mit, warte.« Und ich sage: »Mir ist schlecht, irgendwie, ich würde gern um den

Block gehen, allein« – und ob das in Ordnung sei. Und Jakob weiß, was gemeint ist, glaube ich. Er weiß, dass er mir nicht helfen kann. Lauf, Jakob, denke ich, geh jetzt. Packen, Flughafen, weg hier, noch geht's. Noch tut es nicht so weh, und wir werden irgendwie total gute Freunde, wenn ich wieder zurück bin. Dann kann ich dir mal alles in Ruhe erklären, und wir trinken Kaffee und gehen ins Werkstattkino.

Jakob steht da, nickt. Und genau das meinte ich damals, in der Nacht, auf dem Marktplatz. Das wollte ich ihm erklären, im Park. Dass ich manchmal einfach Sachen spüre, die nicht da sind, und Menschen mit mir reden, die nicht da sind, und dass das alles einen Sinn hat und einen Grund, und dass ich deshalb hier bin – damit sich das alles lichtet in meinem Kopf und damit es keinen Fluch mehr gibt, weil irgendeiner muss den ja brechen, so ist das doch immer mit den Flüchen. Und dass es diese Momente gibt, in denen ich mich so fühle, als würde ich gar keine Luft bekommen.

»Ich warte im Hotel«, sagt Jakob. Und ich sage »danke«.

Bevor ich zum Hotel zurückgehe, laufe ich nachmittags durch die Lower East Side Richtung Chinatown. Weil ich kein Sandwich bekommen habe, kaufe ich mir an einem kleinen Wagen, aus dem es dampft und zischt, einen Schaschlikspieß und ein Mineralwasser. Die Läden sind bunt, die Chinesen schreien sich gegenseitig an, manchmal auch mich, und ziehen an meinem Ärmel. Handtaschen soll ich kaufen, Uhren und Sonnenbrillen. Ich gehe weiter, über eine große Straße, bis es ruhiger wird, es keine bunten Auslagen mehr gibt und die Straßenschilder alle auf Chinesisch sind;

hier will keiner mehr mit mir reden oder ins Geschäft kommen. Vor einem Laden stehen Eimer mit blasigen Fröschen, die in trübem Wasser, noch halb lebend, zu verkaufen sind. Außerdem gibt es Fische und Krebse auf gehacktem Eis im Schatten. Alles riecht schon nicht mehr gut, aber das könnte auch der feine Müllfilm auf den Pflastersteinen sein, oder die Reste vom Vortag. Langsam wird es dunkel, in den engen Restaurants und Frisörsalons gehen die Lichter an, ein kühler Wind kommt vom Wasser hinauf, vom Fluss. Ich komme an einem Nagelstudio vorbei. Zwei Chinesinnen in türkisfarbenen Kitteln streiten sich in schrillen Tonlagen, eine dritte sitzt still daneben unter einer pastelligen Landschaftsskizze. Vor dem kleinen Laden steht ein alter Mann und raucht. Er gehört zu dem Juweliergeschäft daneben, vermute ich, weil er von der Seite in das Fenster des Nagelstudios linst, genau wie ich. Er raucht die dünnen Zigaretten, die selbst gedrehten, braunen, die ich kenne, aus meinem Traum oder aus der Wirklichkeit, denn genau das ist das Problem: Ich weiß es nicht mehr so genau. Er steht unter einem roten Lampion. Die Auslagen in seinem Juweliergeschäft sind golden und massig und sprengen fast das Schaufenster, dem er den Rücken zugewandt hat. Vielleicht hat er Recht, denke ich. Vielleicht hat Jakob einfach Recht. Ich habe Nicolas zum Essen zugesagt, am übernächsten Abend. Aber vielleicht hat Jakob Recht, und es gibt nicht für alles eine Erklärung, und schon gar nicht irgendwo auf der anderen Seite des Ozeans, zum Abholen bereit. Und es gab auch keinen Kuss in Paris. Auch nicht, wenn ich ein Sandwich gegessen hätte.

7

»Ich habe Angst«, sagte meine Mutter.

Sie saß auf dem Boden, neben dem Tischchen, vor dem Plattenregal. Ich stand im Flur, den Schulranzen noch auf. Er wog so viel wie ein Bergwerk, fand ich. Sechs Bücher, sechs Hefte, der Malkasten, das Federmäppchen. Ich hatte mir heimlich nach der Schule eine Semmel gekauft, obwohl ich wusste, dass es daheim wohl etwas zu essen geben würde. In der Straßenbahn hatte ich dann mit schlechtem Gewissen gesessen. Aber es gab nichts zu essen, und der Ranzen wurde immer schwerer. Mein Rücken bog sich durch wie eine Feder, doch ich traute mich nicht, ihn abzusetzen. Meine Mutter saß mit nackten Beinen auf dem Teppich, neben ihr der volle Aschenbecher. Sonst war alles sauber, die Zeitschriften und Papiere neben dem Sofa ordentlich gestapelt. Es war Donnerstag, die Putzfrau war da gewesen, während ich noch Sport gehabt hatte, am Nachmittag. Meine Mutter saß im Wohnzimmer auf dem grob gefaserten Teppich und sah aus, als wäre sie da hingefallen, aus einem Raumschiff, oder aus dem Bett. Sie zog mit den Fingern Fäden aus dem Teppich und sah über mich hinweg in den Flur zum Fenster raus. Ich drehte mich kurz um, weil ich wissen wollte, was da war, aber da war überhaupt nichts, und das hatte ich befürchtet. Am liebsten wäre ich sofort wieder gegangen, zur Wohnungstür raus, die zwei Stockwerke runter, auf die Straße bis zur U-Bahn, eingestiegen, zur Schule zurück, und noch mal da sitzen und warten, bis aus ist, und dann noch mal kommen. Und dann würde sie nicht mehr auf dem Boden sitzen, sondern am Schreibtisch, und sich erschrecken. »Oh je, schon drei Uhr, ich mach dir was zu essen, entschuldige.« Sie würde in die Küche gehen, Musik anmachen und Nudeln kochen. Vielleicht würde sie mal rüberlächeln zu mir, die am Küchentisch sitzt und beim Kochen zuschaut, weil ich genauso gern beim Kochen zuschaue wie beim Schminken. Aber so war es nicht.

Ich schloss kurz die Augen, dachte, dass ich vielleicht noch in der Schule sei, dass ich mir das vielleicht alles nur vorstellte, es nur träumte, weil ich wusste, wie gut ich das konnte.

»Ich habe Angst«, sagte sie erneut. Und dieses Mal sah sie mich auch an dabei.

Draußen vor dem Fenster segelten Blätter vorbei. In der Wohnung war es absolut still. Es war, als wäre niemand da, so ruhig war es. Mein Vater war erst einige Wochen zuvor ausgezogen, die Kassette hatte ich auch noch nicht lange, und die neuen Cowboystiefel standen im Flur. Ich wollte sie nicht fragen, wovor sie Angst hatte, weil ich noch mehr Angst davor hatte, was sie sagen könnte, als davor, wie sie da schon saß. Sie hatte sich nicht angezogen, kein guter Tag also.

»Was ist denn?«

Bevor sie antwortete, fuhr unten noch eine Trambahn vorbei, und unsere Nachbarn kamen nach Hause, unterhielten sich laut im Treppenhaus, man hörte sie auch noch kurz, nachdem ihre Wohnungstür ins Schloss gefallen war. Dann war es wieder still.

»Ich habe Angst«, sagte sie und fing an zu weinen. Sie weinte ganz ruhig und verbarg dabei ihr Gesicht nicht. Ich fragte mich, was ich für eine Nacht bräuchte, was ich schnell einpacken müsste.

»Ich habe Angst«, wiederholte sie und schlug mit der flachen Hand auf den Tisch, nahm sie dann aber gleich wieder weg, wie von einer Herdplatte. »Der ganze Scheiß hier«, sagte sie und schüttelte den Kopf. »Der ganze Scheiß, verstehst du? Das Scheißsofa, der Scheißkamin, ich habe Angst vor dem ganzen Scheiß.«

Dann zog sie die Knie an. Das Sofa also, dachte ich. Das Sofa ist es, und die anderen Sachen, die Lampe, die reglos neben dem Regal steht. Meine Mutter hat Angst vor den Möbeln in unserer Wohnung.

*

Das mit dem Kokain und meiner Mutter, das war so eine Sache. Das war irgendwie so nebenbei passiert. Wie Kokain nebenbei passieren kann, das hätte mich Jakob wohl gefragt, und seine Mutter hätte schon das Pendel herausgeholt, für den Notfall.

Außer der einen Nacht, in der ich in die Küche gelaufen war, kann ich mich nicht erinnern, sie dabei gesehen zu haben. Und damals verstand ich ja noch nicht, was ich eigentlich sah. Aber dieser Mann, und wie er die Karte gehalten hatte, und wie sie da gesessen hatten – heute weiß ich, wie so etwas aussieht. Es ergab natürlich erst im Nachhinein einen Sinn, auch, warum sie oft, kurz nachdem das Telefon geklingelt hatte, das Haus verlassen hatte.

»Ich muss ganz kurz weg«, hatte sie dann immer gesagt und war dann auch immer nur ganz kurz weg gewesen. Sie nahm nur den Geldbeutel mit und kehrte meistens schon zehn Minuten später wieder zurück. Oft versuchte sie noch, jemanden zu erreichen; mehrmals hintereinander wählte sie ganz stoisch eine Telefonnummer, die sie auswendig kannte, und dann, sobald jemand abnahm, sagte sie so etwas wie: »O.k., kein Problem, das reicht auch.«

Richtig schlimm wurde es erst, als mein Vater nicht mehr da war. Das war nach Amerika. Auf einmal kam der Tag mit den Möbeln, den Erbarmungslosen, und es hörte nicht mehr auf. Sie schlief noch, wenn ich zur Schule ging, und war furchtbar unglücklich, wenn ich nach Hause kam. Irgendwann am Abend wurde es meistens besser. Dann kochte sie etwas oder kam zu mir.

»Komm, wir schauen Video.«

Oft saßen wir vor dem Fernseher und schauten *Leoparden küsst man nicht* oder *Die Nacht vor der Hochzeit*, und meine Mutter lachte laut wie ein Matrose. Die Teller mit dem Essen lagen auf dem Schoß, es gab Wein dazu, für sie. Noch bevor der Film zu Ende war, schlief ich ein und wachte auf, weil meine Mutter sich im Flur den Mantel anzog.

»Bleib nicht wach, geh schön ins Bett. Ich geh noch ein bisschen raus mit einer Freundin, das ist doch okay, oder?«

Ich fror auf dem Sofa, nickte aber.

»Kein Problem, ich geh gleich ins Bett.«

In Wirklichkeit blieb ich liegen, weil ich Angst hatte, in mein Zimmer am Ende des Flurs zu gehen. Diese Nächte verbrachte ich auf dem Sofa, ich ließ die Stehlampe an und tat so, als würde ich fest schlafen, wenn sie nach Hause kam. Sie ließ mich auch schlafen, sie zog sich nur die Schuhe aus, während im Bad das Wasser lief, dann knipste sie die Lichter aus.

Mein Vater war ausgezogen, und meine Mutter machte so weiter wie vorher. Nur das mit den Möbeln, das war neu. Und dass sie den ganzen Winter über nachts noch ausging.

»Wen triffst du?«, fragte ich sie, und sie lachte und antwortete: »Cary Grant, wen sonst.«

Ich machte mir Sorgen, weil sie nachmittags weinte wegen des Sofas und der Lampen oder weil sie gar nicht mehr aufstand und schlief, bis es dunkel wurde. Nur an den Wochenenden, bevor mein Vater mich abholen kam, steckte sie sich schnell die Haare hoch, nahm einen Stift in die Hand und brachte mich zur Tür.

»Ach, schön, dass du da bist, was habt ihr denn vor?«

Mein Vater musterte sie von oben bis unten und kontrollierte dann an ihr vorbei die Wohnung, als könnte da noch jemand sein. Oder als wollte er nur nach seinen alten Sachen sehen. Mein Vater hatte nichts mitgenommen. Und seit er weg war, fasste sie fast nichts mehr an. Aber sie schlich an den Regalen vorbei. Ich beobachtete sie oft heimlich, wie sie den Kopf schief legte und die Lippen bewegte, als würde sie die Titel vorlesen. Irgendwann zuckten ihre Finger, dann hob sie die Hand, als wollte sie ein Buch herausholen, tat es aber nie. Seit mein Vater sie verlassen hatte, schlich meine Mutter durch die Zimmer wie ein Geist.

Als meine Urgroßmutter an einem Tag kurz nach meinem vierzehnten Geburtstag sagte, das hätte sie sich gleich gedacht, dass mein Vater uns sitzen lassen würde, stand meine Mutter am Fenster und sagte: »Halt den Mund.«

Einfach so. »Halt den Mund.« Und dann ging sie. Weil das wohl hieß, dass der Besuch zu Ende war, stand auch ich langsam auf. Meine Urgroßmutter sah hoch zu mir, die dünne Illustrierte noch auf den Knien. Gerade hatte sie davon erzählt, dass Prinzessin Diana verunglückt sei und dass ja auch das abzusehen gewesen wäre.

»Mit einem Orientalen, wer auch so blöd ist.« Dann drehte sie den Kopf zur dunklen Treppe, sah meiner Mutter hinterher. Und unten flog die schwere Tür zu.

»Na gut«, sagte sie, »bitte.«

*

Jakob hat schon gepackt, als ich abends ins Hotel zurückkomme. Er sitzt auf dem Bett und ist gerade dabei, sich eine Zigarette zu drehen.

»Man muss auch mit den Menschen klarkommen, die es wirklich gibt, Marie«, sagt er.

Ein bisschen überheblich, schamanisch klingt es, aber es zieht trotzdem bei mir zwischen Lunge und Magen. Ich beiße die Zähne fest zusammen und nicke.

»Ich weiß nicht, was du hier finden willst, Marie.«

Unsere Klimaanlage war wohl den ganzen Tag gelaufen, die Luft schmeckt nach Kühlschrank und Flugzeug.

»Alles irgendwie«, sage ich. »Ich muss es nur alles rausfinden.«

Er schiebt sein Tabakpaket zurück in die Manteltasche und unterbricht mich.

»Und dann ändert sich was?«

Jetzt klingt er böse. Er lacht, nimmt seine Reisetasche und kommt auf mich zu. Dann tippt er mit seinem Zeigefinger auf meine Stirn, zweimal.

»Überleg doch mal, was du hier machst. Geister jagen.«

Er geht, ein für alle Mal. Nach sechs Tagen New York fliegt Jakob wieder weg. Mein Vater hätte es ihm gleich sagen können. Hat er aber nicht. So ist das mit den Flüchen, man hofft einfach immer, dass der Kelch an einem vorübergeht, ausgerechnet, und tut nichts dafür.

*

Als ich vierzehn war, habe ich meine Mutter einmal gefragt: »Wie fühlt es sich an?«

Elmar war dabei, kurz lachten sie beide, weil sie wohl

dachten, ich wüsste nicht, was sie da so machten. Meine Mutter räusperte sich, und Elmar ging aus der Küche. Es war das dritte Wochenende, das er bei uns verbrachte. Er kam extra aus Braunschweig, das wusste ich, denn ich hatte bei seinem ersten Besuch auf seinen Personalausweis geschaut. Als ich an einem dieser Wochenenden die Kassette hörte, kam er plötzlich in mein Zimmer. »Die ist von mir! Die hat deine Mutter bei mir zu Hause mitgenommen.« Dann lauschte er einen Moment der Musik, mit der Hand in den Türrahmen gelehnt, und lächelte. Seitdem wusste ich es also: Braunschweig, nicht Amerika.

Wenn Elmar bei uns war, glaube ich, ging es ihr besser. Sie ging nicht aus, wenn er da war, und sie weinte nicht mehr nachmittags. Sie versteckte sich auch nicht mehr vor den Möbeln. Als sie eines Tages dann doch einmal wieder ausging und Lisa und ich im Badezimmer mit dem Haarspray und der Schminke experimentierten, fanden wir etwas im Kulturbeutel meiner Mutter: ein winziges Plastiktütchen. Wie ein kleiner Gefrierbeutel, von innen staubig. Lisa hielt ihren kleinen Finger rein.

»Das sind Drogen«, sagte sie.

Ich schwieg, die Finger voller Haargel, in Unterhosen und barfuß. Lisa zuckte mit den Schultern. »Ich weiß, wie so was aussieht. Mein Bruder hat's mir gezeigt.«

Lisas großer Bruder und seine Freunde waren drei Klassen über uns, und wenn Lisas Eltern nicht zu Hause waren, feierten sie Partys in der Villa. Sie tranken alles aus, pissten in die Sauna, einmal holten sie sogar den Porsche aus der

Garage und fuhren damit fast in den Pool. Wenn sich also einer auskannte, dann Lisas Bruder, das glaubte ich sofort. Vor allem, weil alle seine Freunde süß waren und ich schon lange darauf hoffte, dass mich einer von denen küsste. Aber Lisa und ich verbrachten die meiste Zeit in Lisas Zimmer, und da sollten wir auch bleiben, meinte ihr großer Bruder. Lisa fand die alle scheiße, und ich sagte immer, ich auch, obwohl ich nichts lieber getan hätte, als mitzufeiern und auch schon achtzehn zu sein.

Lisa hielt das Plastiktütchen hoch.

»Du weißt das? Das ist ja voll krass.«

Ich sah weg, kratzte an den Fugen ums Waschbecken und machte das, was ich am besten konnte. Diesmal in Unterhosen und mit dem ganzen Schaum auf dem Kopf. Und mit kalten Füßen. Ich lief den Hotelflur entlang. Barfuß war das ein ganz anderes Gefühl, merkte ich. Rau, und irgendwie machte er Gänsehaut, der Teppich. Ich konnte schon die Stimmen aus der Bar hören; nur noch einmal um die Ecke biegen, dann käme die Lobby. Ich sah schon die Milchglastüren vor mir mit den dunklen Holzrahmen und den goldenen Griffen. Ich war in Paris. Ich brauchte nicht alles zu wissen.

Aber dann fragte ich sie doch, ein paar Wochen später. Meine Mutter räusperte sich und blitzte mich an.

»Dass du das fragst!«, meinte sie.

Jaha!, dachte ich, krass, oder? Hättest du nicht geglaubt von mir. Aber Lisa hatte gesagt: »Frag sie doch, was das soll.«

Lisa und ich saßen auf den Gartenliegen, und Lisas Bruder und einer seiner Freunde uns gegenüber. Den Freund fand ich hinreißend, Lisa fand ihn scheiße, natürlich. Wir tranken heimlich Bier. Die Bewässerungsanlage befeuchtete das Gras. Und Lisas großer Bruder meinte: »Was, deine Mutter kokst? Wie geil. Frag sie mal, wie sie es findet.«

Also fragte ich meine Mutter, und sie beugte sich vor zu mir.

»Marie, du sollst es nicht machen, das weißt du. Sag mir, dass du das weißt.«

»Ich weiß das«, sagte ich.

»Später macht sie eh, was sie will.« Das ging an Elmar, der wieder reingekommen war, um sich seinen Espresso zu holen, der geblubbert hatte. Elmar hob die Hände.

»Ich halt mich da raus«, sagte er und grinste.

Im nächsten Winter grinste er nicht mehr. Im nächsten Winter mussten wir zusammen in seinem ungeheizten Golf in die Klinik zu meiner Mutter fahren, die Eisblumen an den Fenstern, den dicken rauchigen Atem vor dem Gesicht. Da waren seine Augen schon so klein und faltig wie heute. Und da sagte er: »Frankreich, vielleicht. Vielleicht gehen wir nach Frankreich, Marie.«

Aber an jenem Tag, da grinste er noch und ging wieder raus.

»Also«, sagte sie, trank einen Schluck und suchte sorgfältig nach den richtigen Worten. Das Gefühl hatte ich. Endlich was zu reden.

»Kennst du das, wenn man verliebt ist oder zumindest

verknallt, so jemanden eben gut findet, aber noch nicht weiß, was werden wird?«

Ich nickte, wusste aber überhaupt nicht, worauf sie hinauswollte. Sie hingegen schien sich ihrer Sache ganz sicher zu sein.

»Und dann stell dir vor«, sagte sie, »du bist abends auf einer Party, wo er vielleicht auch sein wird, und jemand erzählt dir, dass er auch in dich verknallt ist.«

Sie redete immer schneller, und wenn Lisa da gewesen wäre, hätte sie die Augenbrauen hochgezogen.

»Und dann«, sagte meine Mutter und hob den Zeigefinger, »dann kommt er rein, und ihr schaut euch an, und ihr lächelt, und ihr wisst beide, dass ihr euch toll findet und dass es passieren muss und wird, irgendwie. Nur noch nicht wann und wie, aber auf einmal ist alles aus Gold.«

Sie drückte ihre Zigarette aus und strahlte.

Ich konnte mir nur vage vorstellen, was sie meinte. Aber dieses Gespräch vergaß ich nicht. Ehrlich und begeistert war sie gewesen, meine Mutter, an diesem Sonntagnachmittag. Als sie mir erklärte, wie sich das anfühlt mit dem Kokain.

8

Es ist das erste Mal, dass die Hochbahn in Brooklyn auf den Schienen über mir hinwegrattert. Ich halte mich am Handlauf fest und gehe die steilen Stufen hinab. Dann stehe ich unter der Brücke, gucke links und rechts und kenne mich nicht aus. Anders ist es hier. Keine hohen Häuser, keine Menschenknäuel. Endlose Straßen in alle Richtungen, und flache Häuser mit Gärten und Höfen und Toren. Ich laufe los, geradeaus erst mal, weil jemand hinter mir schimpft. Eine schwarze Frau mit Kind. Das Kind hält sie an der Hand wie eine Tüte.

Ich hole den Zettel aus der Tasche: Stockholmstreet. Ich drehe mich ein paarmal im Kreis, sehe der Dicken mit den Taschen und dem Kind hinterher und folge ihr einfach. Nach ein paar Metern, neben einem Supermarkt, geht tatsächlich die Straße ab. Stockholm. Die Nachmittagssonne zwinkert schräg zwischen den Eisenträgern der Hochbahnbrücke durch, Stockholm liegt noch in goldenem Licht. Die Hochbahn ist weggerattert, jetzt ist es still. Mein Großvater hat gesagt, daran erkenne man immer noch die armen Viertel, dort, wo der Zug nicht unter der Erde verläuft. Dort, wo man den Dreck sehen muss, die alten Schienen, die verbeulten Züge.

Die Straße geht über einen Hügel, dahinter kann ich den Fluss sehen. Das Meer, flüstert mein Großvater, das ist kein Fluss, das ist Quatsch, man kann genauso gut sagen, das Meer.

Überall auf der Straße sitzen Leute vor den Häusern auf den Stufen. Alles Mexikaner oder aus Panama, denke ich und schäme mich ein bisschen, dass ich keine Ahnung habe. Ich höre Hundegebell, es riecht nach Grillparty. Aus den Gärten hinter den Häusern kommt Geschrei und Kinderlachen und Hähnchengeruch. Zwei Mädchen sitzen auf einer Treppe, die eine am Handy, die andere brüllt über die Straße. Dort, genau gegenüber, wie gespiegelt, sitzen drei Jungs. Einer steht auf, halb so breit wie das Mädchen, und brüllt zurück. Er wirft seine rote Kappe auf den Boden. Das Mädchen, dick, so dass ich Angst bekomme, steht auch auf und zeigt mit dem Zeigefinger auf ihn. Ich bin jetzt genau auf ihrer Höhe. Der Junge stellt sich vor sie zwischen zwei geparkte Autos und rechtfertigt sich, glaube ich. Alle erschrecken, als das Mädchen dem Jungen eine Ohrfeige gibt. Sie ist höchstens siebzehn, ich habe bis heute noch niemandem eine Ohrfeige gegeben, denke ich. Der Junge sammelt seine Kappe ein, und ich bemerke erst jetzt, dass auch ich stehen geblieben bin.

»What the fuck do you want?«, fragt das Mädchen laut und sieht dann zu mir, ihre braunen Augen blitzen.

Ängstlich schüttele ich den Kopf und gehe langsam weiter. Sie macht eine Bewegung, als wollte sie mir den Weg verstellen; da schreit es aus einem der Hinterhöfe. Das Mädchen streicht sich die mäuseschwanzdünnen Zöpfe hinters Ohr, und ihre braunen Augen durchdringen mich. Dann ertönt wieder die Stimme, schrill und fest, und alle setzen sich in Bewegung, sie zuletzt, und lassen mich stehen. Schnell haben sie sich am Haus entlang in den Hinterhof geschlängelt.

Es gibt bestimmt Mais, so riecht es hier, nach Mais und gegrillten Tomaten. Ein Hund fetzt an mir vorbei und verschwindet zwischen den Mülltonnen, ab zum Grill. Vielleicht könnte ich mich selbst dazu einladen. Ich sehe mich zwischen den dicken Mädchen und den schmächtigen Jungs sitzen, in meinem schwarzen Kleid und den Sandalen. Und ich sehe, wie ein dicker Arm an mir vorbei nach einer Tonschale greift.

Als ich weitergehe, werden die Stimmen hinter mir lauter und vermischen sich zu einem Brei. Ich komme an einem geöffneten Garagentor vorbei. Zwei dicke Männer beugen sich über eine offene Motorhaube. Beide die Arme bis zum Ellenbogen braun. Die ganze Garage sieht aus wie eine Werkstatt, und ich kann in eine kleine Welt voller Werkzeug sehen. Die Männer halten inne, als sie mich sehen, der eine, mit feinem, schwarz glänzendem Haar, stützt sich, den Schraubenzieher in der Hand, auf dem Kotflügel ab. Er grinst, zeigt Zahnlücke, schlägt mit dem Schraubenschlüssel in seine offene Handfläche.

»How are you?«, fragt er dann und hebt sein Kinn in

meine Richtung. Ich laufe an dem aufgerissenen Tor vorbei und wünsche, ich hätte etwas geantwortet. Nach der übernächsten Querstraße bin ich fast da. Mein Herz schlägt, ich will umkehren und auf meinen rutschigen Schuhen den Weg zurücklaufen. Oder etwas anderes anhaben. Ich fühle mich unwohl im schwarzen Kleid und sehe mich plötzlich auf einer Beerdigung in Brooklyn, auf einem Hügel zwischen tausenden von Grabsteinen, im Hintergrund der Fluss, pardon, das Meer.

Es ist gleich sechs.

»Come for dinner«, hatte Nicolas gesagt.

Sechs Uhr finde ich früh für ein Abendessen. Ich weiß nicht, ob ich mehr Angst davor habe, dass der Abend zu lange dauert oder dass ich schon um acht den Weg zur Hochbahn wieder zurücklaufen muss. Die Straße wird kleiner und fällt leicht ab, der Bürgersteig ist unwegsam, die großen Platten sind unterschiedlich hoch, ich muss aufpassen, wohin ich trete. Links ein Spielplatz, rechts eine schmale Kirche. Eine Synagoge, wie ich feststelle, als ich davorstehe. Sie ist zwischen zwei Häusern eingeklemmt. Ich kann die Schrift nicht lesen, ich habe keine Ahnung, wann hier Gottesdienst ist, falls das überhaupt so heißt.

Du hast keine Ahnung, oder? Als könnte ich Nicolas' Worte schon hören, jetzt, während Manhattan auf der anderen Seite glitzert und ich noch nicht mal weiß, wie er aussieht. Alles liegt hier still. Keine lauten Familien mehr, keine Hunde. Die Straßen sind ordentlicher, die Fassaden geputzter, manche bonbonfarben. Eine Katze leckt sich auf einem

Torpfosten zwischen den Hinterbeinen, und auch sie hebt den Kopf, als ich vorbeigehe. Es scheinen doch alle zu wissen, dass ich komme und wann ich wieder gehe. Es würde mich nicht wundern, wenn Nicolas vor der Tür auf mich warten würde. Trotzdem fahre ich in die Tasche meiner Jacke und umfasse mein Handy, für den Fall, dass doch niemand aufmacht und ich Jakob sagen will, es sei alles ein Fehler gewesen und er müsse zurückkommen.

Ich flüstere die Hausnummern vor mich hin, vierhundertdreizehn, vierhundertvierzehn, vierhundertfünfzehn, versuche immer nur das Haus anzusehen, an dem ich gerade vorbeigehe, damit es noch eine Überraschung ist, wenn ich ankomme.

*

Ich erinnere mich an eine Zeit, in der Aaron noch gelebt hat. Ich erinnere mich an meinen Großvater und einen Ausflug, den wir einmal unternahmen.

Ich war zwölf und tat in meinem Kinderzimmer so, als übte ich für die Mathearbeit. In Wirklichkeit las ich aber die *Bravo*, weil ich Mathe gar nicht konnte. Zuvor hatte ich kurz stumm und wütend geweint. Ich war nämlich gut darin, heimlich zu wüten, meine Schulbücher durch das Zimmer zu schleudern, mich unbemerkt auf die Kissen zu werfen und mit der flachen Hand auf die Matratze zu schlagen. Ich konnte einen stillen Wutausbruch haben und kurz darauf wieder gerade sitzen.

Es klingelte an der Tür, ich lauschte angestrengt in den Flur. Trotz meiner feinen Ohren konnte ich die Begrüßung nicht verstehen, vielleicht weil mein Großvater sich die Füße auf der struppigen Matte abstreifte, während er sprach, vielleicht weil sie sich erst einmal schweigend gegenüberstanden.

»Es sind nur ein paar Stunden«, hörte ich ihn irgendwann sagen. Meine Mutter antwortete, ich müsse lernen. Mein Großvater lachte.

»Sie ist doch klug«, sagte er, und dann noch, dass sie das eigentlich wissen müsse. Also rief meine Mutter meinen Namen, und als ich meine Zimmertür aufriss, war ich schon außer Atem. Mein Großvater trug seinen hellen Anzug und einen feinen Strohhut. Plantagenbesitzer nannte mein Vater diese Aufmachung, und genau so sah er aus.

»Na komm«, sagte er, »ich brauch dich.«

Meine Mutter hatte die Arme verschränkt. Sie trug immer noch ihren Schlafanzug, das Telefon hatte schon zweimal unbeachtet durch die Wohnung geklingelt, und sie hatte bereits neue Zigaretten geholt, gleich nachdem mein Vater am Morgen gegangen war. Etwas lag in der Luft, ein neuer Auftrag vielleicht, aber das war mir in diesem Moment egal. Während ich in meine Sandalen schlüpfte, die ich nicht mochte, standen sich beide gegenüber und beobachteten mich.

»Wann fliegst du wieder?«

Er lächelte mich an und sagte: »Morgen. Morgen Abend, mit der letzten Maschine nach Frankfurt, von da aus dann rüber.«

Er sagte es, und in meinem Kopf hallte es nach: rüber.

Ich sprang die Treppen hinunter, mein Großvater folgte mir, langsam. Ich wusste nicht, ob meine Mutter den Ausflug erlaubt hätte, hätte sie gewusst, dass wir mit dem Auto fahren würden, das er sich geliehen hatte. Der Innenraum aus ockerfarbenem Leder, der Lack außen wie Minze in der Sonne.

Mein Großvater und ich fuhren aufs Land. Als wir auf die Autobahn kamen, zündete er sich mit dem Zigarettenanzünder einen Zigarillo an. Mit der linken Hand hielt er das große schmale Lenkrad, und ich hielt mich an dem silbernen Haltegriff in der Tür fest.

»So«, sagte er, »gut, dass du da bist.«

Ich nahm den Blick nicht von ihm, weshalb mir schon leicht übel wurde. Im Auto wurde mir immer übel. Er merkte es und sah mich mehrmals hintereinander kurz an, dann lachte er.

»Wir fahren zu deiner Urgroßmutter«, sagte er, »du und ich, ich muss dort etwas holen.«

Ich hielt den Stoff meines Rockes in der Hand, so wie meine Mutter immer die Vorhänge festhielt, und sagte, ohne nachzudenken, dass wir das aber gar nicht dürften.

»Ich nicht«, antwortete er und aschte in die Klappe unter dem Radio. Im ganzen Auto roch es nach Zigarillos, Kirsche und Kaffee.

»Ich nicht«, wiederholte er und zwinkerte mir zu. »Aber du. Ich kann dir vertrauen, oder? Du bist doch mein Komplize.«

Ich hielt mich noch fester am Türgriff fest und starrte auf das geöffnete Handschuhfach. Darin Landkarten, Taschentücher und ein Stift, der klapperte. Mein Großvater beugte sich rüber, holte eine Sonnenbrille hervor und schloss dabei die Klappe.

»Also?«

Ich nickte. »Klaro.«

Sofort schämte ich mich, dass ich »klaro« gesagt hatte und nicht »versprochen« oder »natürlich«. Erst Latein üben und dann so doofe Sachen sagen, dachte ich und befürchtete, jetzt nicht mehr sein Komplize zu sein.

»Gut«, antwortete er, blies den Rauch aus, sah in den Rückspiegel und wechselte die Spur.

»Ich brauche etwas aus dem Haus. Du musst es für mich holen. Das kannst du doch, oder?«

Es war ein heißer Tag, wir ließen die Stadt hinter uns, links und rechts rauschten die Felder an uns vorbei. Die maifrische Luft schlug gegen meine Schläfe. Wie fuhren bergauf, vor uns bauten sich die Alpen auf.

»Das gelobte Land«, sagte mein Großvater, zog am Zigarillo, und seine Mundwinkel zuckten.

»Das gelobte Land, nicht wahr?«

Die Wiesen waren besonders grün an diesem Tag, die Kirchtürme in der Ferne kamen zwieblig hinter den Hügeln hervor. Ich hatte ein bisschen Angst, seit er den letzten Satz gesagt hatte. Ich will den Frieden nicht stören, dachte ich, irgendwie. Den Sommertag nicht aus dem Gleichgewicht bringen.

»Kannst du dich an Aaron erinnern?«

Klar konnte ich das. Aaron war mir so vertraut wie sie alle, wie Catherine selbst. Weil mein Großvater so oft von ihm erzählt hatte, saß Aaron in meinem Kopf zusammen mit den anderen an der Bar. Aaron, natürlich.

»Er ist auch hier«, sagte mein Großvater und sah mich prüfend an. Ich legte meine Hände in den Schoß.

»Das bleibt unter uns, ja? Das weiß sonst keiner, du bist mein Komplize.«

*

Vierhundertfünfundzwanzig. Ich bleibe stehen, die letzten Sonnenstrahlen sind gerade verschwunden, es ist noch hell, aber schlagartig kühl geworden. Die Luft, die Häuser und Straßen, alles wird jetzt lilafarben, denn die Dunkelheit ist nicht mehr weit.

Ich stehe vor der Vierhundertfünfundzwanzig und zittere, versuche aber, es zu unterdrücken. Es ist ein großes Gebäude, anders als die anderen in der Straße, keines aus der Zuckerbäckerei. Es sieht aus wie eine alte Fabrik. Heller Backstein, fensterlos, ein Schuhkarton. Erst in den oberen Stockwerken gibt es große Glasfenster, die durch Eisenrahmen in viele kleine Rechtecke geteilt sind. Manche davon stehen offen. Wie Flügel, denke ich, wie eine Maschine, als hätte es einen ganz bestimmten Sinn, dass genau diese offen sind und die anderen nicht. Vier Stufen führen zu einer schweren Stahltür. Daneben ein Klingelschild mit zwei Klingeln, keine Namen. Nur Römisch I und II. Ich warte kurz, sehe mich um, ob mich schon jemand gesehen hat. Ich will auf gar keinen Fall wie diejenige aussehen, die vor einer Tür steht, doof guckt, sich nicht auskennt und wieder geht. Ich will diejenige sein, die hier ganz selbstverständlich in ein Haus geht, in Brooklyn, das aussieht wie eine alte Lagerhalle, weil sie weiß, dass da drin jemand ist, der sie erwartet. Ich halte den Finger klingelbereit, und meine Angst ärgert mich. Scheiße, denke ich. Jetzt bin ich hier, blödes New York.

Der Klingelknopf ist tot, bietet keinen Widerstand. Es gibt auch keine Gegensprechanlage, die Klingel ist vielleicht sinnlos, denke ich und drücke vorsichtig gegen die wie frisch gestrichen aussehende Stahltür. Sie öffnet sich nicht. Der Abend kriecht durch die Straße heran. Keine Menschen, niemand, auch keine Autos. Es ist mir unheimlich, ich sehne mich zurück nach der Gegend mit den Mexikanern oder denen aus Panama, stelle mir vor, wie sie Gummitwist machen vor der Garage oder unter ihren Lichterketten Hähnchen am Spieß drehen.

Vor diesem toten Schuhkartonhaus ist andere Luft, ein anderer Geruch. Ich trete einen Schritt zurück, sehe die Fassade hinauf. Oben, hinter den riesigen Fenstern, brennt Licht. Ob es schon gebrannt hat, als ich ankam, kann ich nicht sagen. Anrufen, denke ich, bei Nicolas anrufen, sagen, dass ich vor der Tür stehe. Aber fast finde ich das unhöflich, zu viel des Guten. Man klingelt, es macht keiner auf, also geht man wieder.

Ich stelle mir vor, wie es weitergehen würde, am nächsten Tag oder so. Nicolas würde fragen: »Wo warst Du?« Und ich würde antworten: »Ich habe geklingelt, es hat keiner aufgemacht, da bin ich wieder gegangen.«

Wie früher, denke ich, zu den Zeiten meiner Mutter und den geheimnisvollen Anrufen. Sie kam und ging, und wenn sie weg war, war sie weg. Keine Handys, also keine Erklärungen für jedes Versäumnis. Ich habe mir oft vorgestellt, dass die Leute, auf die ich warte, weil sie zu spät sind, längst verunglückt sind. Lisa, wie sie mit dem Fahrrad in die Trambahnschienen gerät, mein Vater, wie er bei einer Reportage von der Leiter fällt. Wo ist das nächste Krankenhaus, dachte ich dann immer, das Herz schon am Überlaufen, und dann kam schon der Anruf oder die SMS: *Wo bist du?, ich wollte dich versetzen, weil ich keine Lust hatte, dich zu sehen, achsodanke.*

Liebe kann daran scheitern, dass man denkt, man wurde stehengelassen, obwohl eigentlich nur der Bus ausgefallen ist – und dieser schreckliche Irrtum klärt sich dann aber erst Jahrzehnte später auf, auf einer Kreuzfahrt.

Ich seufze. Da klappert es, und die schwere Tür öffnet sich leicht und geräuschlos vor mir.

»Marie? Nice to meet you, I am Nicolas.«

*

Wir bogen von der Autobahn ab auf eine Landstraße. Ich kannte den Weg auswendig, aber ich war ihn noch nie mit ihm gefahren. Wir kurbelten die Fenster ganz herunter, mein Großvater fuhr langsam, ein Traktor war vor uns. Er krempelte die Ärmel seines Hemdes hoch und legte den Ellenbogen in das offene Fenster. Er hatte es nicht eilig. Von dem Traktor fielen erdige Klumpen auf die Straße. Alles um uns herum leuchtete saftig, die ganze Landschaft blendete mich. Die Straße war so kurvig, als wäre sie von Kindern gemalt worden. Ich stellte mir Wattebällchen hinter den Auspuffen der Autos vor und blaue knisternde Folie anstelle des Sees in der Ferne. Der Traktor bog links ab, und sofort überholten uns mehrere Autos und ein Motorrad.

»Kennst du den Dachboden?«, fragte mein Großvater.

»Ja, den kenn ich.«

Ich log.

»Da ist was, was ich brauche.«

Mir wurde heiß, wir erreichten schon den Kreisverkehr. Die zweite Ausfahrt spuckte uns in den kleinen Ort.

Ich dachte an das dumpfige Haus, an das Erdgeschoss, in dem es nur ein Klo gab. Daneben die Tür zum Souterrain, wo mein Großcousin oder Großonkel lebte. Bei all den Besuchen, an allen Sonntagen, war er nie dabei gewesen. Manchmal kam er gerade, wenn wir gingen, oder ging, wenn wir gerade kamen. Er trug immer Jagdgrün und hatte einen Dackel, den er jedes Mal in dem Moment rief, in dem er uns hätte grüßen müssen. Bei ihm im Souterrain war ich nie gewesen, ich fürchtete mich schon auf dem Klo neben seiner Tür, weil man das nicht absperren konnte.

Die schmale und sehr steile Treppe, belegt mit einem

überflüssigen und viel zu großen Läufer, führte in den ersten Stock. Unter dem filzigen Stoff klangen die Stufen, als seien sie aus Pappe. Die breiten Falten konnte man nicht flachtreten, sie tauchten sofort an einer anderen Stelle wieder auf. Im ersten Stock war das Wohnzimmer, vollgestopft wie nach einer Flucht, als hätte man gerettet, was zu retten gewesen war. Und genauso stand meine Mutter dort immer am Fenster, wie nach einer Flucht, aber nicht glücklich, angekommen zu sein.

Alle Wertsachen waren wild gestapelt. Das feine Silber auf den Fotoalben, die langen Kleider hinter der Kommode mit dem Porzellan. Auf dem Sofa lagen Kissen, die nicht zusammenpassten, aber alle waren sie bestickt mit Samtmuster, das ich gern mit den Fingern entlangfuhr, während der Eierlikör getrunken wurde. Der weiche Samt, dazwischen der feste Stoff, wie haarlose Hautflächen.

Von allem gab es zu viel. Ein Kissen zu viel, ein Sessel zu viel, eine Stehlampe zu viel. Und überall die Gemälde meiner Großmutter Hanne. Überall ihre roten, schulterlangen Haare, ihr großer, schöner Mund. Manchmal von der Seite, ernst nach oben blickend zu einem unbekannten Licht. Manchmal geradeaus, zu uns, die wir auf dem Sofa saßen, vor uns die Illustrierten auf dem Tisch, an dem sie fehlte. Als könnte meine Urgroßmutter Alma die Lücke füllen, indem sie überall das Bild ihrer verstorbenen Tochter aufhängte. Oder es war so, wie mein Großvater immer sagte: »Deine Urgroßmutter hat einfach gern von allem viel.«

Mein Großvater bog von der Hauptstraße ab in einen der schnürchengeraden Seitenwege. Links die Drogerie, rechts die Sparkasse. An der nächsten Ecke das Jugendzentrum neben dem Altenheim, in dem meine Urgroßmutter später starb. Ein Haus wie das andere. Grau, flach und umheckt; Jägerzäune wechselten sich ab mit schmiedeeisernen Gartentoren. Wenn meine Mutter am Steuer saß, machte sie sich genau an dieser Stelle die Haare auf, parkte das Auto eine Kreuzung vom Haus entfernt und klappte den Spiegel herunter, um sich den Lidstrich nachzuziehen. Lidstrich gab es trotz allem immer.

»Kennst du diese Geschichten über Familienväter oder unauffällige Bankangestellte, die eines Tages durchdrehen und mit einer Schrotflinte Leute erschießen? Einfach alle, die gerade in den Weg kommen«, hatte sie mich einmal gefragt, während sie sich im Auto schminkte. Dann hatte sie den Spiegel wieder hochgeklappt und sich das Haus meiner Urgroßmutter von weitem angesehen. Sie hatte wohl nicht erwartet, dass ich etwas sagte zu der Sache mit den Amokläufern.

»Ich glaube, das passiert hier, schau dich mal um! In solchen Orten wie diesem hier passiert so etwas.«

*

»Hi. Yes, nice to meet you, too.«

Ich strecke meine Hand hin, und Nicolas tritt einen Schritt zurück ins Dunkle. Er hält dabei die Tür auf und gibt mir schnell und fest die Hand.

»Come in.«

Die Tür fällt sehr laut und mächtig ins Schloss, gar nicht so zart, wie sie aufgegangen war. Nicolas geht die Steinstufen voraus. Das Treppenhaus sieht genauso aus wie das Haus von außen: ein Handlauf aus Stahl, keine Fenster, Röhrenlampen an der Decke. Nicolas trägt eine Anzughose, Hemd und Pulli, es sieht aber trotzdem nach Freizeit aus, als würde er immer so rumlaufen. Die Sachen sind abgetragen, knittrig, und so bewegt er sich auch. Er ist unrasiert, und sein dunkler Bart geht in die dunklen Haare über, die wie eine Flammenwelle von seinem Kopf abstehen.

»Mind your step.«

Nicolas ist so schnell losgegangen, dass ich sein Gesicht nicht lange ansehen konnte. Ich laufe hinterher, Stockwerk um Stockwerk hinauf, und wir reden nicht. Unsere Schritte schaben auf dem Zement der Stufen. Wie auf einer Baustelle riecht es hier. Wie in einem Haus, das gestern erst fertig geworden ist. Ich kann mir nicht vorstellen, dass hier Nicolas' Mutter mit ihrer weichen Stimme lebt. Vielleicht treffe ich gar nicht seine Mutter, denke ich plötzlich. Die Treppe ist hellgrau und sieht aus, als wäre sie aus schmutzigem Eis. Während wir immer weiter hochklettern, stelle ich mir einen großen, kalten Raum vor, ganz oben hinter den riesigen Fenstern, und dass dort dann ein Porno gedreht wird oder so etwas. Hinter mir wird eine neue, sehr leise, aber sehr dicke Panzertür zufallen, und ich werde dastehen, und überall werden Leute sein, die rauchen und gelangweilt gucken. »Ah, da seid ihr ja«, wird einer sagen, »dann kann's ja losgehen.«

Ich finde mich innerlich damit ab, dass ich einen Pornofilm werde drehen müssen, anstatt Nicolas' Mutter zu treffen. Alles macht für mich plötzlich Sinn. Wie blöd kann man sein, denke ich. »Come and meet my mother in Brooklyn«, hatte Nicolas am Telefon gesagt. »It is an old warehouse.« Ich muss grinsen, und in dem Moment dreht Nicolas sich um, ohne stehen zu bleiben, vielleicht nur, um zu sehen, ob ich noch da bin. Dreht sich um und wundert sich bestimmt über mein Grinsen. Er denkt ja, ich denke immer noch, wir würden zu seiner Mutter gehen, er weiß nicht, dass ich das längst durchschaut habe, das mit dem Pornodreh. Lustig, wie das Leben so spielt, ich hätte auch mit Jakob ins Guggenheim gehen können, stattdessen folge ich einem Fremden in eine fensterlose Fabrik. Und da fällt mir natürlich meine Urgroßmutter Alma ein: »Pass auf, schwarz oder weiß, ganz egal, sie sind alle gleich.« Das hatte sie gesagt und sich Likör nachgeschenkt, während im Souterrain die milchige Glastür ins Schloss fiel, weil der Großcousin oder Großonkel spazieren ging. Meine Mutter hatte sie angesehen, vom Fenster aus, mit einem schwertscharfen Blick.

Also, denke ich, als Nicolas vor mir steht, nachdem wir vier Stockwerke hochgestiegen sind, und er tatsächlich eine weitere schwere Tür aufschließt, die genauso aussieht wie die Haustür unten – wahrscheinlich habe ich es nicht anders verdient. Nicolas sieht mich noch mal an.

»You had no trouble finding it?«

»Not at all«, sage ich.

Wir kommen in einen Gang, auf einmal ein ganz normaler Wohnhausflur. Parkettboden, rechts und links Türen.

»It is an old building. They remodeled it but kept this part as it was.«

Nicolas klingt, als hätte man ihn unter Folter gezwungen, das zu erzählen.

Im Gang stehen Fahrräder und offenbar ausrangierte Möbel. Von draußen dringt schwaches Licht in den unbeleuchteten Flur. Ich kann nur noch Nicolas' Umrisse erkennen. Die Sachen, die an den Wänden herumstehen, erinnern mich an zusammengekauerte Leute nach einer wilden Party im Morgengrauen. Jetzt glaube ich doch nicht mehr so ganz an den Pornodreh.

Nicolas öffnet die dritte Tür, ohne Vorankündigung, nur mit einem leichten Husten. Ganz kurz treffen sich unsere Blicke, was ich nur daran merke, dass ich das Weiß in seinen Augen sehen kann.

*

Mein Großvater stellte den Wagen schwungvoll quer in die Einfahrt meiner Urgroßmutter, so dass kein Auto mehr danebenpasste. Er stieg aus, blieb kurz stehen, schob eine Hand in die Hosentasche und sah zum Wohnzimmerfenster hinauf, als würde er erwartet.

Nach einem Moment öffnete sich das Fenster im ersten Stock. Meine Urgroßmutter war nicht zu erkennen, aber wer sollte es sonst sein? Ein Strickjackenärmel, ganz so, als wäre dieser Maitag nicht heiß wie Honig, hielt den Griff umklammert. Mein Großvater hob seinen Hut.

»Ich grüße dich, Alma«, sagte er ganz ruhig, als hätten sie sich gestern das letzte Mal gesehen. Und ich fragte mich sofort, wann das wohl gewesen ist, die letzte Begegnung zwischen meinem Großvater und seiner Schwiegermutter. Vor zwanzig Jahren? Vor vierzig?

Die Hand wanderte vom Fenstergriff zum Fensterrahmen und war genauso weiß wie der Anstrich. Ich hoffte, der Großcousin oder Großonkel aus dem Keller würde nicht daheim sein; ich wusste, dass der ein Gewehr besaß und so einen Hut, den man zur Jagd anzieht, und ich erinnerte mich an das, was meine Mutter über Orte wie diese gesagt hatte.

Meine Urgroßmutter rührte sich nicht.

»Ich bringe nur Marie vorbei«, sagte mein Großvater und hielt sich die Hand schützend vor die Augen. »Sie wollte dich sehen, Fanny fühlt sich nicht gut.«

Meine Zehen wurden kalt, also stieg ich aus und stand auf dem asphaltierten Stück Weg, der durch den bürstengeraden Vorgarten führte. Die Lüge, die er da sagte, tat mir richtig weh. Jeder muss das durchschauen, dachte ich. Noch nie war ich allein hier gewesen, sie würde bestimmt gleich zu ihrem taxigelben Telefon mit der dicken schwarzen Schnur und den riesigen Tasten gehen und meine Mutter anrufen, und dann würde sie wissen, dass die keine Ahnung hatte von alldem hier und auch gar nicht krank war, sondern in der Küche saß und rauchte und telefonierte und hoffentlich so viel telefonierte, dass besetzt war. Aber die Hände am

Türrahmen bewegten sich nicht, meine Urgroßmutter war zu Stein geworden.

Mein Großvater sah mich an, nickte mit dem Kopf in Richtung Tür.

»Ich warte auf dich«, sagte er, und ich fühlte mich verraten. Dann zwinkerte er mir zu. Ich wusste, dass es kein Zurück mehr gab und dass ich mich an diesem Tag für eine Seite in der Familie entschied, irgendwie.

Die Tür war nicht abgesperrt, drinnen bewegte sich nicht einmal die Luft. Ich lief langsam die Treppen hoch, und als ich oben im Zimmer ankam, hatte sich meine Urgroßmutter schon wieder hingesetzt. Das Fenster stand noch offen, der warme Wind wehte herein und fühlte sich in dem schweren Zimmer an wie ein Eindringling. Aus dem hinteren Fenster sah ich die Wiese und den Waldrand, gerade, wie mit dem Lineal gezogen, wie die Gärten, wie alles hier.

Vor meiner Urgroßmutter stapelten sich Zeitschriften, darauf, wie immer, die große Lupe, eckig aus dickem Glas, mit der sie die Zeilen langsam abfuhr. Meine Urgroßmutter lächelte kurz und vorwurfsvoll, als ich hereinkam, dann drehte sie den Kopf leicht zur Seite. Ich ging die drei Schritte zum Sofa und küsste sie auf die kühle, wachsweiche Wange. Ihre Haare waren wie immer aufgedreht zu einem Kranz weißer Locken. Eine Dame aus dem Ort frisierte sie einmal die Woche – das erwähnte sie sonst immer, doch an diesem Tag sagte sie nichts. Ihre Augen, scharf und blau, wie die meiner Mutter, ruhten auf mir. Sie dachte an etwas anderes, das konnte ich sehen. Sie sah durch mich hindurch zum

Eingang. Es war, als würde in der Einfahrt ein Baum brennen. Ich merkte, dass sie zitterte, nur ganz leicht, als sie die Lupe vom Zeitschriftenstapel nahm. Die Finger waren knotig, sie trug noch einen Ring, den Ehering. Ich schaute ihn mir an und fragte mich, ob sie den jemals wieder abkriegen würde, mit Seife oder so.

»Wie lange bleibt er?«, fragte sie dann, ruhig.

Ich stellte mir vor, wie unten der Großcousin oder Großonkel schon mal sein Gewehr zusammenschraubte. Er war mir nicht geheuer. Weil er zusammenzuckte, sobald er meine Mutter sah, und weil er meistens diese ordentliche Jagdgarderobe trug. Meine Mutter sagte immer ganz laut »Hallo«, und er zuckte dann noch einmal zusammen, ganz leicht nur, und schob seine Brille hoch, fasste dabei direkt auf die Gläser. Früher, als Kinder, hatten sie im nahen Wald zusammen gespielt.

Der Großcousin oder Großonkel saß immer unten im Keller, nur wenn meine Urgroßmutter nach ihm rief, kam er und machte irgendetwas, was sie eben brauchte. Ich glaube, meine Mutter meinte ihn, wenn sie das mit dem Leute-Erschießen sagte, denn das konnte ich mir auch vorstellen.

Ich zuckte mit den Schultern.

»Nur ein paar Tage, wir machen einen Ausflug.«

Meine Urgroßmutter hustete, natürlich, und hielt sich dabei ein geblümtes Stofftaschentuch vor den Mund. Dann schob sie es in den Ärmel ihrer Strickjacke. Schwindsucht, das Wort fiel mir ein, so stellte ich mir das vor, so sah das aus.

»Weiß deine Mutter, dass ihr unterwegs seid?«

»Natürlich«, sagte ich.

»Wie kann sie das nur erlauben? Na gut. Ist ja ihre Sache.« Dann lächelte sie wieder.

»Möchtest du etwas zu trinken? In der Küche steht Saft.«

»Ja, gerne, danke.«

Ich stand auf, wackelig, und ging an der Treppe vorbei in die kleine Küche. Der Kühlschrank war nicht richtig kalt, und der Multivitaminsaft deshalb vielleicht so pappig und dick.

Jetzt, dachte ich, jetzt einfach schnell wieder gehen. Oder die Treppe hinunterlaufen, die Tür zum Keller aufreißen, fragen, wer bist du eigentlich, bist du verwandt mit mir und wenn ja, wie? Und dann im Wohnzimmer und überall die Fenster aufreißen und die Kissen rauswerfen und alles andere, und meine Urgroßmutter an die Hand nehmen und wieder die Treppen runter, so dass sie voreinander stehen, und fragen, was ist eigentlich das Scheißproblem?

Auf dem Dachboden war ich noch nie gewesen, genauso wenig wie im Keller, dachte ich, hielt das Glas umklammert und sah die Blumen an, die ich mit Kugelschreiber während der Hausaufgaben auf meine Hand gemalt hatte.

Auf dem Dachboden fand ich die Pappkiste, die Pappkiste, die erst auf meinem Schoß gelegen und die ich dann die Stufen hinuntergetragen hatte, mit hektischen Schritten, als meine Urgroßmutter auf dem Klo gewesen war. Ich hatte geschwitzt, und die Spitze meines Pferdeschwanzes klebte noch immer an meinem Rücken. Ich hatte es genau so getan, wie er es gesagt hatte: »Die ganz wertvollen Sachen muss man immer in der schmuddeligsten Kiste suchen.« Er kannte seine Schwiegermutter. Er kannte sie gut.

Mein Großvater rauchte wieder, schlug mir auf die Schulter, ganz plötzlich, und riss den Mund auf: »Ha!«, sagte er. Dann umfasste er mein Knie, rüttelte daran, als wollte er mich aufwecken aus meiner Starre. So hatte ich ihn noch nie erlebt.

»Jetzt gehen wir feiern!«

Auf dem Dachboden war gar nicht viel gewesen: ein paar Möbel und große Reisetaschen mit alten Abendkleidern. Drei Kisten mit Geschirr, und dahinter eine Tasche, und darin ein Karton, und darin das Lederköfferchen, von dem er erzählt hatte, und davon, dass er meiner Großmutter Hanne das selbst einmal geschenkt hatte. Samt Inhalt.

»Jetzt feiern wir!«, wiederholte er und nahm nicht die Ausfahrt nach München, sondern Richtung Salzburg.

»Das müssen wir feiern. Es kommt doch immer alles zu einem zurück.«

Das sagte er noch, während er, bevor er abbog, seine dünnen, silbernen Haare aus dem Fenster hielt. Er wusste nicht, dass ich das gehört hatte, den letzten Satz; hatte ich aber, und merken wollte ich ihn mir. Ich merkte mir immer, was alle so sagten, wenn sie glaubten, sie sagten das nur so dahin.

*

Ich schließe die Augen, renne durch den Hotelflur, scharf um die Kurve. Ich renne durch die Flure, vorbei an einem silbernen Tablett, das am Boden neben einer Zimmertür steht. Abgefressen, zum Wegholen bereit. Nachts um drei. Käse, ein Rest Schinken, Brot, zwei leere Flaschen Rotwein. Ich bleibe kurz stehen und lausche an der Tür. Wer weiß, wer das war mit dem Käse nachts um drei, vielleicht Polanski, und das könnte ich ja dann erzählen, was der Polanski also so isst, nachts um drei. Wieder eine Ecke, und dann rechts, links, gähnend die Flure in beide Richtungen.

Von weitem sehe ich einen Pagen aus dem Fahrstuhl kommen. Er trägt schwarze, eckig gebügelte Hosen und ein weißes Servierhemd mit goldenen Knöpfen in doppelter Reihe.

»Entschuldigung!« Ich rufe durch den Flur, aber er reagiert nicht, er zieht sich gerade die weißen Handschuhe über und schiebt dann ein Wägelchen mit Käseglocke um die Ecke. Ach so, na klar, wie dumm von mir, denke ich. Ich laufe ihm schnell hinterher.

»Pardon!« Keine Reaktion. Ich bleibe stehen. Ich vergesse immer wieder, denke ich, dass ich nicht da bin. Er kann mich nicht hören.

»Suchen Sie was?«

»Eine junge Dame«, würde ich antworten, »die hatte heute eine Filmpremiere, gleich bei Ihnen um die Ecke. Die müsste ich etwas fragen.« Und der Page würde mich forschend ansehen, weil er natürlich genau wüsste, wen ich meine, und dann sagen, so etwas gäben sie nicht raus, also derlei Informationen. Ich würde mir dann denken, er sei vielleicht gar kein Page, sondern ein Journalist, verkleidet, auf der Suche, genau wie ich.

»Können Sie mir helfen?«, würde ich noch fragen. Und er würde sein Wägelchen einfach weiterschieben, etwas murmeln vielleicht, aber das würde ich nicht mehr verstehen. Nichts würde ich verstehen, weil ich gar kein Französisch kann, aber das wäre egal. Der Page würde mich später rauswerfen. Er würde einen Knopf an seinem Wägelchen betätigen, und man würde mich raustragen, zwei starke Männer jeweils einen Arm. Ich würde strampeln und mich wehren, die ganzen Treppen hinunter, vorbei an einer Dame, die auf den Fahrstuhl wartet. »Eindringlinge«, würde er sagen, über mich, aber ich würde es ja nicht verstehen.

*

Der Raum wie ein Wintergarten. Auf beiden Seiten große Fenster, überall Himmel. Die Gleise der Hochbahn führen genau an den Fenstern vorbei. Eine schwebende Welt, ganz für sich, wie ein Schiff, das über diesen Straßen über diesem Teil der Stadt schwimmt. Gertrud, die Hausherrin und Nicolas' Mutter, sitzt auf einem Sofa, das wahrscheinlich einmal weiß war, jetzt aber braun und fleckig ist. Neben sich und zu ihren Füßen jeweils ein Hund, der sich schlafend an sie drückt. Der am Boden ist so riesig wie das Sofa. Auf einem unbequemen Stuhl mit kurzen Beinen in Gertruds

Nähe hockt ein Mann, noch in Hut und Schal und Mantel, als sei er gerade gekommen oder wolle gerade gehen. Aber die Beine hat er entspannt übereinandergeschlagen, in der Hand einen Aschenbecher, in der anderen eine Zigarette. Beide sehen zu mir auf, als ich hereinkomme, und unterbrechen ihr Gespräch. Gertrud winkt mich gleich heran, mit beiden Händen und zusammengekniffenen Augen.

»Come here, let me see.«

Ich schlängle mich durch die Möbel, denke an meine Mutter, die immer alles, was in unserem Wohnzimmer stand, so angesehen hat, als könnte es sie anfallen. Auch das braune knautschige Sofa, das mein Vater aus seiner Studenten-WG mitgebracht hatte.

Gertrud hat mich schon an den Händen.

»Hi«, sage ich, »I am Marie. Thank you for having me.«

Sie strahlt mich an, von unten, aus ihrem Sofa heraus. Die Haare ordentlich, ein weißer Kurzhaarschnitt, knopfige Augen und schöne Ringe an den Fingern.

»You look like your grandmother, just like her.«

Sie sieht die beiden Männer an. Nicolas hat sich schon in einen Sessel gesetzt, die Arme verschränkt, und hört gar nicht hin, scheint es. Der andere Mann mustert mich interessiert. Ich gebe auch ihm die Hand.

»This is Peter.«

Peter lächelt, und ich lächle zurück und frage mich, wie das mit dem Abendessen wohl sein mag.

»Sit, sit«, sagt Gertrud.

Ich drehe mich um und kann mich nur auf den schweren

Glastisch setzen und muss dabei einen der Hunde, den größten, zur Seite schieben. Das stört keinen, die Hunde werden nicht vorgestellt; fast denke ich, ich bilde mir das ein, dass da dieses Kalb liegt. Mein eines Bein klemmt umständlich zwischen dem Arsch vom Hund und Gertruds seidenem Rock. Ich sitze ihr gegenüber, Peter lächelt nett, Nicolas kann ich nicht sehen, aber ich spüre seinen Blick, und der ist nicht nett. Nicolas ist mein Feind, denke ich, oder ich seiner.

»Peter«, sagt Gertrud, »get some of the wine, will you?«

Peter läuft durch den großen Raum, der durch eine Trennwand geteilt ist, wohinter sich wohl die Küche verbirgt. Gertrud sieht mich immer noch an und strahlt dazu. Ihre Augen sind braun, sie schielt ein bisschen. Hinter ihr, über ihrem Haar, blinkt der erste Stern über dem Meer.

»You are from Munich?«

Sie nimmt das Glas entgegen, das Peter ihr hinhält, mir gibt er auch eins.

»Nicolas?«

Sie wartet meine Antwort nicht ab. Ich drehe mich nach ihm um, Nicolas sträubt sich.

»It is only six«, sagt er.

»Oh, who are you kidding«, lacht Gertrud, und Peter lacht auch und stellt ein Glas vor Nicolas auf den Tisch, auf dem ich sitze. Dann schenkt er uns ein.

»It is the good wine«, sagt Gertrud, als wir anstoßen.

»It is never too early for that. That's what your grandfather would have said, no?«

Ich höre wieder den leichten Akzent in ihrer alten Stimme,

wie einen fremden Rhythmus. Gertrud macht Pausen zwischen den Worten, wo sie nicht hingehören. Sie trinkt einen großen Schluck und behält mich über dem Rand des Glases im Auge.

»Yes, I am from Munich«, kann ich endlich sagen, damit hier keiner denkt, ich hätte etwas zu verbergen; auch Nicolas nicht, der doch trinkt, und zwar gleich ein paar Schlucke hintereinander, was ich genau gesehen habe. Trotzdem der spitze Blick, der sagen will, du tust mir leid. Mitleid, ja, das hat er.

»Doesn't she look just like her grandmother?«

Gertrud wendet sich an Peter. Peter, das Glas in der Hand, kommt um den Tisch herum wie ein begeisterter Zuschauer, stemmt die Hand in die Seite und schiebt den Kopf ein bisschen hin und her auf dem Hals.

»Yes«, sagt er, und es klingt ganz ehrlich und nicht so, als wolle er Gertrud, wer auch immer er ist, eine Freude machen. Seine Stimme höre ich zum ersten Mal, hoch ist sie und sanft und akzentfrei.

»Yes«, sagt er noch einmal und nickt leicht. »You do, honey.«

Amerikanisch ist er auch, so wie die anderen, die Freundlichen, die sich ständig erkundigen, wie es einem geht und wer man ist, so dass man sich fragt, was die alle wollen, aber die meisten wollen gar nichts, außer Trinkgeld, manchmal.

Ich frage mich nicht, woher Peter und Gertrud das mit der Ähnlichkeit zwischen mir und meiner Großmutter Hanne wissen, die ich ja nie kennengelernt habe, aber sie sind sich wohl ganz sicher. Peter greift sich sein großes Feuerzeug vom Regal und lächelt mich weiter an. Nicolas benimmt sich, als wäre er nur der Page gewesen, der mich hatte hochbringen müssen. Aber Gertrud und Peter finden das anscheinend ganz normal, ist vielleicht immer so, dass Nicolas nichts sagt.

»Are you hungry?«

Gertrud fasst dabei nach Peters Arm.

»There is this great Vietnamese Take-Out that we know. We can order something.«

Peter nickt wieder. Er ist der, der den Haushalt im Griff hat, kommt es mir vor.

»Everything is fine with me«, sage ich.

Irgendwas ist es in diesem Haus, in dieser seltsamen Schiffsetage von einer Wohnung, mit dem einen Stern über Brooklyn und Büchern, die sich in den Ecken stapeln, den stinkenden Hunden, den weichen Handbewegungen von Peter, und selbst Nicolas' abweisendem Grunzen, das mich hierbleiben wollen lässt. Als Peter mir die bunte Speisekarte gibt, drehe ich mich um, zu Nicolas, der gerade trinkt und sich verschluckt, weil Peter sagt:

»He's been ordering the same damn thing for years anyway.«

Da lacht er auf einmal.

»True. Who knows, maybe tonight things will change.«

Gertrud lacht mit, obwohl ich glaube, dass sie ihn gar nicht richtig gehört hat.

Nicolas spricht den ganzen Abend kein Wort mit mir, nur manchmal, da grunzt er, besonders als Gertrud die Fotos holt, von sich und Aaron – Nicolas' Vater – und meinem Großvater. Und er grunzt auch, als Gertrud ihn bittet, für mich ein Taxi zu rufen, irgendwann gegen drei Uhr morgens, als ich schon auf dem stinkenden Teppich mit dem Kopf auf dem Hintern des Kalbshundes liege, das Glas zwischen den Fingern. Peter ist irgendwann leise rauchend die schiefen Holztreppen auf die schmale Galerie hochgestiegen und nicht wieder heruntergekommen. Manchmal hört man ihn von oben mit CD-Hüllen klappern oder Schallplatten aus dem Regal ziehen und zurückschieben.

Nicolas reicht mir die abgegriffene Visitenkarte von einem Limousinen-Service.

»That's a friend of ours.«

Für mich wird er gar nichts tun, das habe ich jetzt verstanden; lieber sieht er mir zu, wie ich einem Fremden am Telefon die Adresse sagen muss und die Hälfte nicht richtig verstehe.

Auf Gertruds Schoß liegen noch die Fotos. Von sich und Aaron und meinem Großvater; vor Aarons Geschäft, Anfang der Siebziger. Eines zeigt die drei in einem Restaurant. Sie sitzen an einem viereckigen Tisch am Fenster, vor leeren Tellern und zerknüllten Servietten. Gertrud den beiden Männern gegenüber, mit dem Rücken zur Kamera, über die Schulter blickend. Auf einem anderen sieht man Gertrud und meinen Großvater auf den Stufen eines Backsteinhauses. Gertrud trägt ein weites Blumenkleid und hat einen

Jungen zwischen den Beinen, den sie von oben ansieht. Nicolas. Nicolas, mit einem Finger im zahnlosen Mund, den Kopf zur Kamera gedreht. Gertrud streicht über das Foto und hält es hoch, hin zu Nicolas, der sich nicht von der Stelle rührt. Er ist irgendwann während des Essens vom Sessel auf den Boden gerutscht, direkt vor den flachen Glastisch. Peter hat den ganzen Abend den Wein nachgeschenkt, Besteck gebracht. Und irgendwann die kleinen Fenster zugemacht, nicht ohne einen Moment auf den Fluss zu sehen, auf dem ein Schiff mit bunter Lichterkette vorbeifuhr.

Nicolas guckt kurz hoch zu seiner Mutter, statt auf das Foto. Sonst liest Nicolas die ganze Zeit, in der Zeitung, dann in einem Buch, kontrolliert manchmal sein Handy, geht zweimal raus, um mit schneller Stimme im Flur zu telefonieren. Warum er da ist, an diesem ersten Abend, weiß ich nicht. Er ist wie einer der Hunde, wacht über irgendetwas, beobachtet mich, als ich mich in der Wohnung umsehe, wie Gertrud es befohlen hat.

»Most of the books were your grandfather's.«

Sie zeigt auf die hohen Regale.

»Aaron and your grandfather brought them over together. That's all they brought when I met them.«

Noch bevor ich etwas fragen kann, antwortet sie mir schon.

»I met them in nineteen sixty. They just came from Europe. You should have seen them«, sagt sie, und ihre Augen strahlen, während sie die ganze Zeit den Hund streichelt, die ganze Zeit.

Gertrud war zwanzig, als sie in einer New Yorker Kneipe auf Aaron und seinen Freund Benjamin, meinen Großvater, stieß. Sie saß mit einer Freundin an der Bar, auf der Bühne war gerade eine Band mit ihrem Set fertig, aber Gertrud hatte gar nicht richtig hingesehen, weil sie schon vor Beginn des Konzerts die beiden Männer entdeckt hatte. Gertrud war mit Celia unterwegs, und sie befürchtete das Schlimmste. Das, was immer passierte, wenn man mit Celia unterwegs war – dass die Männer Celia wollten. Celia war langweilig, nicht einmal Gertrud hatte ihr viel zu sagen, aber weil sie schon ewig befreundet waren, nahm Gertrud es eben so hin. Die Männer kamen immer wegen Celia, wegen ihrer schönen langen Haare und ihrer dichten Wimpern. Dass die nur angeklebt waren und abends auf dem Waschbeckenrand aussahen wie tote Käfer, das wussten die ja nicht. Nur wenn Gertrud Glück hatte, war mal einer dabei, der sich mit Celia langweilte und dem das nicht egal war, denn eigentlich langweilten sich ja alle, die mit Celia ein Gespräch anfingen.

Gertrud beobachtete die beiden Männer seit gut einer halben Stunde. Sie unterhielten sich, beide angelehnt an die gepolsterte Bank. Der eine redete fast ununterbrochen auf den anderen ein, nah am Ohr, zwischendurch dann ließen sie ihren Blick schweifen.

Die haben sich viel zu sagen, dachte Gertrud. Nicht so wie Celia und ich.

»Es ist heiß hier drin«, sagte Celia und rümpfte dabei ihr kleines Näschen. »Wollen wir nicht gehen?«

Genau in diesem Moment setzte der Beifall ein, und der Mann auf der Bühne sagte etwas ins Mikrophon. Also tat Gertrud so, als hätte sie es nicht gehört, denn heimgehen, das wollte sie auf keinen Fall. Sie hatte doch schon bemerkt, dass der eine, der Dunkelhaarige, sie angesehen hatte. Er hatte seinem Freund zugehört, konzentriert, und dann, als er das Glas abstellte, kurz durch den Raum gesehen und Gertrud mit seinen kleinen Augen gestreift. Gertrud hatte versucht, den Blick zu halten, twentyonetwentytwo, damit er zu etwas Besonderem wurde – der Blick, der zu lange hängt, aber so lange war er dann doch nicht gewesen.

Celia rutschte schon vom Hocker und nahm ihre Handschuhe vom Tresen. Sie wollte gehen, schmollte, wurde angerempelt und schmollte erst recht.

»Es ist so voll hier drin«, sagte sie und zog an ihrer Außenwimper. Ob sie weiß, dass alle sie anstarren?, fragte sich Gertrud. Ob sie deshalb die Hand in die Taille stemmt, damit sie zwangsläufig angerempelt werden muss? Gertrud seufzte, wollte schon aufgeben, da sah sie, wie einer der Männer, der kleinere, aufstand. Er war immer noch im Gespräch, redete im Stehen weiter auf den Dunkelhaarigen ein, der nickte und sich zurücklehnte. Der Kleine ging zur Bar, bestellte etwas, während er zu Gertrud herübersah. Gertrud machte sich gerade, ignorierte Celias Schmollen und lächelte. Sie konnte gar nicht anders. Der Kleine redete mit dem Barkeeper, dann kam er um den Tresen herum, zu ihr, zu Gertrud.

»Would you care to join us?«

Er hatte sich genau zwischen Gertrud und Celia gestellt, und Schmollmund bekam jetzt wieder bessere Laune. Schmollmund blieb und rieb sich den Ellenbogen.

»I would love to«, sagte Gertrud und wollte Celia loswerden, bis sie merkte, dass sie das vielleicht gar nicht musste.

Maybe tonight things will change.

Celia war fast einen Kopf größer als der Kleine.

»We are sitting over there. What is your drink?«

»Red wine«, antwortete Gertrud, und Celia nagte – mit Blick zum Tisch des Dunkelhaarigen – auf ihrer Unterlippe.

»That is very close to the music«, sagte sie und klapperte mit den Lidern.

»Can't we sit somewhere else?«

Sie schob die Lippe vor, das Kinn zurück, und Gertrud wollte sie packen, ihr mit beiden Händen in das haselnussbraune Haar fahren und ihren Kopf schütteln, damit die ganze Scheiße mal in Schwung käme. Oder ihre Schminke verschmieren und ihre kleine lilafarbene Handtasche in die Menge werfen. Wenn Celia mitkäme, würde sie trotz Nichtstun die Aufmerksamkeit bekommen, sie würde die Witze nicht verstehen und so etwas sagen wie »oh, nein, nur ein Selters für mich, kein Champagner, na vielleicht ein Glas.«

»Are you trying to get me drunk?« Diesen Satz hatte Gertrud schon so oft von Celia gehört, und sie hasste sie dafür.

Celia würde irgendwann gehen, meistens mit dem einen am Arm, den Gertrud haben wollte. Sie würde sagen, man teile sich ein cab nach uptown. Really? You're on 115th

Street? That's on my block! Und das wäre ja alles nicht so schlimm, wenn sie dann am nächsten Tag nicht immer vor Gertrud stehen würde, auf dem Weg zur Arbeit, und sagen: »What a pig!« Anfummeln hätte er sie wollen, im Taxi, und mit zu ihr hochkommen, einfach so! Gertrud konnte das nicht mehr hören. Manchmal wünschte sie sich, jemand würde Celia mal so richtig vögeln und ihr die Hand auf den Mund pressen, so dass sie die Klappe halten musste. Dann schämte sie sich, denn schließlich war Celia ihre Freundin.

»Sorry«, sagte der Kleine, »that's our favourite table.«

»You wanna leave? Don't you?« Gertrud fixierte ihre Freundin. Celia zuckte mit den Schultern.

»I guess so.«

Sie nahm ihre Handtasche, und wie aus dem Nichts war plötzlich ein Fremder da, der ihr in den Mantel half. Gertrud musste schmunzeln.

»Will you be all right?«

Der Kleine blieb höflich.

Celia schüttelte ihre Haare und gähnte herausfordernd, wenn auch mit seidener Handschuhhand davor, dann verschwand sie.

»And you?«

Der Kleine stützte sich auf der Bar ab. Über seine Schulter hinweg konnte Gertrud seinen Freund sehen. Der saß immer noch genauso da wie zuvor, schaute ins Nichts und wartete, dass das Gespräch weiterging, oder auch nicht. Gertrud wollte zu ihm, ihn fragen, was er denkt.

»Are you tired as well?«

Gertrud blickte in die Augen des Kleinen, die wässrig aufblitzten. Sie konnte nicht sagen, wer von den beiden ihr besser gefiel.

*

»They painted the town«, sagt Gertrud.

»Everyone knew them. Aaron was tall, you know, like Nicolas.«

Nicolas blättert um, manchmal macht er auch ein Eselsohr in das Buch oder eine Notiz, so wie jetzt.

»He looked just like Nicolas.«

Knick. Gertrud nimmt einen Schluck, und ich will, dass sie nicht aufhört zu erzählen, egal wie viel Eselsohren Nicolas im Hintergrund macht.

»He was tall, dark-haired and he wore these suits …« Sie bricht ab und kichert.

»Well, at least I thought that. Hardly did I know that it was only one suit. He only had one but it looked damn good.«

Es ist, als würde ich Aaron vor mir sehen, genauso wie ich ihn mir schon immer vorgestellt habe. Ich kenne ihn ja: aus den Tuilerien und aus dem Fahrstuhl. Und in meiner Vorstellung sieht er genauso aus wie Nicolas, ganz genauso.

Als Aaron mit meinem Großvater nach New York kam, war Aaron Ende dreißig, über zehn Jahre jünger als mein Großvater. Außerdem stiller, geschmeidiger, zarter, irgendwie. Mein Großvater war der, der redete, Aaron war der,

der daneben stand und sich vielleicht manchmal durch die Haare fuhr, so wie sein Sohn.

»Your grandfather did the talking you know«, sagt Gertrud. »They would sit in a bar and talk to each other, they would always be so deep in their conversations, like the rest of the world did not exist. And then all of a sudden, they would ask some girls to join them. Well your grandfather did. He would get up, walk up to some girls and invite them. Aaron would wait at the table. That's how I met them.«

Gertrud sieht mich an.

»You should have seen them, Marie. They had nothing. One suit and this charming German accent or what it was and they got what they wanted.«

Das letzte Wort sagt sie ein bisschen leiser, und der Satz bleibt im Raum hängen, als wäre er eigentlich noch weitergegangen. Als wäre das nicht das, womit sie hätte enden wollen.

Nicolas sieht wieder auf, streicht mit der Hand an der Buchseite entlang. Knick. Peter, in Schal und Mantel, bietet mir eine Zigarette an, ich lehne ab und lege mich stattdessen auf den Hund. Ich hoffe, ich kann Nicolas dazu bringen, mich anzusehen, wenn ich mich vor ihn auf einen Hund lege.

Ob ich da richtig bin bei euch, denke ich, das weiß ich nicht, aber irgendwo muss man ja anfangen, und dafür ist es höchste Zeit.

Mein Vater hatte von dem Fluch gesprochen, in seiner Tür im Olympiadorf, mit einem zarten Lächeln. Und so wie er damals dort gestanden und das gesagt hatte, so sieht mich Nicolas heute den ganzen Abend an, wenn ich nicke oder ein Foto entgegennehme. Nur ohne das Lächeln, ohne die warmen Hausschuhe. Beruhig dich doch, will ich ihm zuflüstern. Ihr seid doch nicht mit mir verwandt, um euch kann es doch nicht gehen. Aber Nicolas knickt die Seiten so um, als ginge es vor allem um ihn. Dass ich gehe, das will er wahrscheinlich, nichts lieber als das. Und das muss ich auch, Gertrud gähnt, ihre Wimpern flattern. Also stehe ich langsam auf.

Ein paar Minuten später stehen wir schon unten, der Page und ich, und die schwere Tür fällt ins Schloss. Mit einem Mal ist es, als wäre es von einer Sekunde zur anderen Winter geworden, so klar und kalt ist es. Meine Backen glühen. Nicolas schlägt seinen Kragen hoch und sagt so was wie: »Also dann.«

»It was nice to meet you.«

Er streckt mir die Hand hin.

Nein, so leicht geht das nicht. Nicht nur, weil ich eigentlich bleiben will, sondern auch, weil ich jetzt ihn will. Vor allem ihn, Nicolas. Irgendwo zwischen seinem ersten gespenstischen Erscheinen am Fuße des Eispalastes und meinem kleinen Nickerchen auf dem Hund war es passiert.

Ich will nach seiner Hand greifen, aber er dreht sich weg und öffnet die Tür des Taxis, das schon rauchend wartet. Er stützt sich auf der Tür ab. »You hate me, don't you?«, sage ich, statt zu gehen.

Nicolas macht die Tür wieder zu. Behutsam und vorsichtig, als wäre ich eingestiegen. Dann beugt er sich auf der Beifahrerseite zum Fenster, ohne die Hände aus den Taschen zu nehmen. Einen kühlen Moment später fährt das Taxi weg. Nicolas und ich, wie ausgesetzt, bleiben zurück. Mir ist, als würde irgendwo jemand in die Hände klatschen. Ganz zart mit schmalen Fingern. Ich drehe mich um, aber die Straße, die Untreue, liegt still vor mir.

»You wanna come back to my place?«

Na endlich, denke ich mir und drehe mich noch mal nach dem Beifall um.

*

Nach unserer ersten Nacht, laufe ich mit Nicolas durch Brooklyn. Ich fühle noch den schweren Wein vom Vortag, auch wenn es der gute war. Nicolas und ich haben miteinander geschlafen, und trotzdem ist er noch feindselig. Als ich auf seinem roten Sofa aufwachte, stand er schon in seiner Küche, die Arme aufgestützt am Herd. Ich schlug die Augen auf, und er schenkte mir Kaffee ein, wie aufs Stichwort. Ich war sofort verletzt, als er sagte, er müsse jetzt los. Er hätte genauso gut sagen können, verpiss dich, was für ein Fehler, dich mitgenommen zu haben. Aber es wurde noch schlimmer, denn er sagte, ich könnte noch duschen, wenn ich wollte.

Die Nacht auf dem unbequemen, engen Sofa hatte also nichts geändert. Ich war mir sogar sicher, dass er nicht neben mir geschlafen hatte. Er war aufgestanden, nachdem wir fertig waren.

Nicolas war so bleich wie der Morgen, sein ganzer Oberkörper hatte etwas Milchiges. Er sah aus, als habe er gar nicht geschlafen. Er zog sich einen Pulli über, denselben wie am Abend zuvor. Alles, was Gertrud gesagt hatte, hallte im Hintergrund meiner Erinnerung nach, aber leise. Mein Kopf schmerzte, die Kehle kratzte.

»Are you ready?«

Ich saß nackt auf dem Polster, eine kratzige Wolldecke über dem Schoß, eine Tasse in der Hand. Ich wusste nicht, wo meine Kleider waren, im Hellen sah alles anders aus als noch ein paar Stunden zuvor. Aber klar, I am ready. Let's go, Arschloch.

Nicolas stand an der Wohnungstür, während ich gekrümmt um den Tisch lief, um meine Sachen zu suchen.

Er schaute zu, wie ich meine Unterwäsche anzog, mitten im sonnigen Zimmer. Er hatte die Arme verschränkt und wartete; dann gingen wir.

*

Wir laufen durch das Viertel, an das ich mich nicht erinnern kann. Am Straßenrand, neben den schwarzen Mülltonnen, liegen Blöcke gestapelter Zeitungen. Nicolas fängt gleich an zu rauchen und zu telefonieren, und ich fühle mich mit jedem Schritt schwerer und wünsche mir inniglich, ich wäre mit Jakob zurückgeflogen. Das Licht ist so hell, dass ich die

Augen nicht richtig aufkriege, und duschen hätte ich sollen, tatsächlich. Nicolas betritt, ohne Ankündigung, einen kleinen Deli. Ich wäre fast weiter über die große Straße gelaufen, und wahrscheinlich war das genau sein Plan. Doch ich bleibe gerade noch rechtzeitig vor dem Laden stehen, versuche, die Schlagzeilen zu lesen, aber vor meinen trockenen Augen bleiben es nur breite Buchstaben. Weitergehen, denke ich, geh einfach weiter, in die U-Bahn, raus an der 115. Straße, packen und zum Flughafen, den Kampf kannst du nicht gewinnen, Nicolas ist dir weit voraus. Doch ich bleibe stehen, wie ein Baum, ohne zu blinzeln, bis er wieder herauskommt. Er hat Orangensaft gekauft und *The Village Voice.* Er nimmt zur Kenntnis, dass ich noch da bin, so richtig daran geglaubt, hat er nämlich nicht. Wenn ich nur wüsste, ob das ein Punkt für mich ist oder für ihn.

Wir biegen in eine Seitenstraße ab, und sofort sind sie überall. Die Männer in den langen, schwarzen Kutten, oben eng und unten weit, wie ein Rock. Auf dem Kopf tragen sie flache, schwarze Hüte, und an den Schläfen Korkenzieherlocken. Fast alle haben Brillen auf. Die Straße ist voller Geschäfte. Lampen, Einrichtung, Küchenzubehör, Reinigungen, viele Reinigungen, Bäckereien, ein Elektrogeschäft. Hier sind alle leise, man unterhält sich gedämpft, keine bunten Farben. Eigentlich gibt es nichts zu kaufen, das Spaß macht. Nur das Nötige, keine Auslagen, keine Frisörsalons, keine Nagelstudios. Durch das Schaufenster eines Antiquitätengeschäfts versuche ich zu erkennen, was angeboten wird. Hier muss man wissen, wo man rein will und warum.

Ich beobachte eine Frau, die auf einer Bank vor einem Geschäft sitzt. Sie sitzt einfach nur da und macht nichts. Sie trägt Rock und Bluse, grau und grau, und ein Kopftuch, darunter eine gescheitelte Frisur. Ich bekomme Gänsehaut, als eine zweite Frau zu ihr kommt, an der Hand ein kleines Kind, das genauso aussieht wie die großen Männer, bis ins Detail. Die Frau trägt ebenso Grau und Grau, auch die gleiche Frisur hat sie. Ich starre, als liefe ich durch einen Zoo. Ich in meinem Rock und der Schminke von gestern Nachmittag und den ungeputzten Zähnen und nicht einmal geduscht. Ich denke an Nicolas, wie er auf mir liegt, und muss mich schütteln. Die Frauen nehmen mich nicht wahr; es ist wie in meinem Paris, es sieht mich keiner. Nicolas wird von einem der Männer im Vorbeigehen begrüßt. Er nickt freundlich zurück, und es ist das erste Mal, dass ich ihn so sehe, wie er etwas mit Respekt macht. Nicht höflich, sondern ernst gemeint.

»They are wearing wigs«, sagt Nicolas.

Ein alter Mann hebt die Scheiße seines Hündchens mit einer Plastiktüte auf, versperrt mir den Weg, und ich muss Nicolas erst wieder einholen.

Als müsste ich wissen, warum und überhaupt, so kurz und fertig sind Nicolas' Sätze. Nicolas hält mich fest, greift nach meiner Hand, damit ich stehen bleibe. Wir sehen in einen Hinterhof, in dem eine ganze Familie sitzt. Mutter, Vater und drei Kinder, die identischen Ebenbilder der Eltern, alle drei. Und da rieseln die Blütenblätter von den Bäumen, zart und weiß.

»You have no idea, have you?«

Es ist wie ein Bild, eingerahmt von zwei Häusern, und Nicolas' raue, kalte Hand um meine. Ich bin mir nicht sicher, was er mir zeigen will, aber es ist wie in dem schwebenden Schiff in Gertruds Wohnung gestern. Ich will dableiben. Ich will mehr davon.

Nicolas hält immer noch meine Hand fest, und ich weiß, das kann nur ein Manöver sein, so gemein, wie er noch vorhin auf dem roten Sofa war.

»Can I get my stuff from the hotel and stay with you?«

Nicolas nickt, lässt aber meine Hand los. Gleichstand, vielleicht, denke ich.

Mein Gepäck hole ich am nächsten Tag aus dem Hotel. Ich muss mit Kreditkarte zahlen und ein bisschen auch in bar auf den Tresen zählen und noch verhandeln, dass die letzte Nacht nicht berechnet wird, sonst würde es nicht reichen. Dann stehe ich auf der Straße, an dem heißen Tag, und denke, jetzt kriegt er mich gleich ganz, dann werde ich ja sehen.

Dass Nicolas verheiratet ist, erfahre ich noch am selben Abend. Ich ziehe meine Tasche die drei steilen Stockwerke in Williamsburg hoch, um dann vor seiner Wohnung eine halbe Stunde zu warten, bis er kommt. Immerhin nimmt er zwei Stufen auf einmal und hat den Schlüssel schon in der Hand. Aber entschuldigt wird sich trotzdem nicht. In der Wohnung widmet sich Nicolas sofort dem Telefon, er zieht sich sogar dafür extra ins Schlafzimmer zurück. Ich packe ein paar Sachen aus, für die es keinen Platz gibt. Lege ein Buch auf den Tisch vor dem roten Sofa, bringe meinen

Schminkbeutel ins Bad, trage ihn wieder zurück, bringe dann nur die Zahnbürste hin. Ich lausche die ganze Zeit seinem Gespräch, wieder eins von den gedämpften, das ich nicht verstehe, und wühle in meiner Tasche. Als er wiederkommt, erschrecke ich und setze mich hin, aufrecht wie ein Kaninchen. Er müsse noch mal weg, sagt er. Ich würde mich gerne in seinen Weg werfen, sein Bein umfassen und laut »auf gar keinen Fall« rufen, aber das wäre wohl falsch. Also streife ich meine Schuhe ab.

»Where?« Ganz beiläufig.

»To see my son«, sagt er.

Ach so, klar. Das Zimmer dreht sich ein bisschen. Gut, dass ich die sichere Couch unter mir habe. Nicht fragen, alles, nur nicht fragen.

»You have a son?«

Er nickt.

»How old is he?«

Nicolas hat schon den Türgriff in der Hand.

»Six.«

Er lässt den Schlüssel in die Jacketttasche gleiten.

He would always wear the same damn suit and look great anyways.

»Who is the mother?«

Ich falle schon fast vom Rand.

»My wife.«

Ach so, wie dumm von mir. Die Tür fällt hinter Nicolas ins Schloss. Wer auch sonst.

Ich bleibe sitzen, bestimmt eine halbe Stunde. Beobachte,

wie die Sonne hinter den Häusern schmaler wird. Dann stelle ich mich ans Fenster und sehe mir die Straße an, noch einmal zwanzig Minuten. Die Wände in Nicolas' Wohnung sind aus Backstein, die Fenster schlank und hoch, man muss sie von unten hochschieben. Ich könnte rausklettern und auf der Feuerleiter sitzen. Ich will, dass Nicolas hier mit mir auf der Feuerleiter sitzt, denke ich.

Ich streife durch sein großes Zimmer. Das Schlafzimmer geht über in das Wohnzimmer, eine dünne Trennwand aus Pappe dazwischen. Viel hat Nicolas nicht. Das Sofa, einen Tisch, ein Bett. Keinen Schrank. Für was auch? Nichts in der Wohnung erzählt etwas über ihn. Ein paar Kassetten, CDs, Zeitungen.

Eine afrikanische Holzfigur mit dickem Bauch steht unter dem Fensterbrett, vielleicht ein Geschenk von einer Reise. Viele alte Quittungen und Kinokarten, und ein Buch zum Ausmalen mit Dinosauriern. Ich bemühe mich nicht, Spuren zu vermeiden. Ich bin jetzt da, da wird er schon sehen, was er davon hat.

Das Warten, sonst meine Spezialität, wird mir unerträglich, ich muss gehen, will nicht länger bleiben. Ich ziehe mir etwas an, nicht irgendetwas, sondern ein Kleid und Perlen. Natürlich die von meiner Großmutter Hanne. Beute von dem Tag am See mit meinem Großvater.

Den Spiegel, der in Nicolas' Flur an der Wand lehnt, stelle ich mir ans Fenster und schminke mich im letzten Licht des Tages. Der Wind ist seidig und flüstert mir durchs Haar.

9

Ich hatte den Dachboden meiner Urgroßmutter durchwühlt, und dann waren mein Großvater und ich an den Tegernsee gefahren. Hinten im Auto die Kiste, die ich vom Dachboden geholt hatte. Die Haut in meinem Gesicht prickelte noch immer.

Ich war runtergelaufen, hatte meinem Großvater schnell die Kiste in die Hand gedrückt und war dann noch eine Viertelstunde mit bleichen Fingern bei meiner Urgroßmutter auf dem Sofa gesessen. Sie hatte wissen wollen, wie es in der Schule lief, und fing dann selbst kurz an, von einem ihrer Lehrer in der Grundschule zu erzählen, der später mit Rommel in Afrika gewesen war. Bald aber hatte sie sich wieder unterbrochen. Sie erzählte nie lange von irgendetwas; als würde jede Geschichte früher oder später in eine Richtung führen, die ihr nicht behagte.

»Na ja, schlimm war's.«

Für meine Urgroßmutter war immer alles schlimm. Und der Ursprung alles Schlimmen musste ja irgendwo liegen. Umso schlimmer, dass ausgerechnet ich sie verraten hatte.

Nun saß ich neben meinem Großvater, der es merkte,

immerhin. Er sah ein paarmal von der Straße weg zu mir rüber.

»Das war alles meins«, sagte er. »Das weißt du, oder?«

Nichts weiß ich, dachte ich. Zumindest konnte ich mich darauf verlassen, dass ich nichts wusste.

»Ich habe deiner Großmutter das alles geschenkt, damals.«

Ich drehte meinen Kopf Richtung Scheibe, hinter der die Rapsfelder vorbeiflimmerten.

»Wir hatten es gut«, sagte er. »Zwei oder drei Jahre hatten wir es richtig gut. Wir waren von Hamburg nach München gezogen, Hanne und ich. Sie war jung und schön und … Na, du weißt ja, wie sie aussah.«

Er lachte, hustete, atmete mit Zischen ein.

Ich sah sie beide vor mir, in einem Cabrio, meine Großmutter Hanne den Hut festhaltend.

»Ich hatte ja Geld gemacht, mir ging's gut. Mit den Amis war's noch leichter, Geschäfte zu machen, als mit den Nazis. Nur meinen Chauffeur hatte ich nicht mehr. Der war gleich weg, nach dem Krieg, der Hund.«

Mein Großvater zuckte mit den Mundwinkeln und richtete seine Augen starr auf das Auto vor uns. Als könnte er dort alles sehen, was er erzählte und was mal gewesen war. Aus dem Kofferraum hechelte uns ein fleckiger Hund an.

»Hanne war noch so jung gewesen, und mit dem Singen hatte sie ja gerade erst angefangen. Wir sind gereist, monatelang, nach Rom und nach Paris, später nach Amalfi …« Er unterbrach sich, griff wieder nach den Zigarillos und hängte den Arm aus dem Fenster. Ich wiederholte das Wort für mich: Amalfi. Ich stellte mir vor, das sei ein Land in Afrika, oder mindestens so weit weg.

Es vergingen ein paar Minuten, dann blies er den Rauch ins Auto, langsam, und da stand er dann, der Rauch, grau und verzwirbelt.

»Das waren gute Jahre. Deine Großmutter Hanne…«, sagte er, und die glasigen Augen senkten sich von der Unendlichkeit weg auf das Lenkrad. »Und schön war sie. Auf der Straße drehten sich alle nach ihr um. Verstehst Du? Sie war das Leben. Ihre Augen, ihr Wesen. Da kam das Leben raus. Sie war der eine Mensch für mich. Vom ersten Moment an.«

Er stotterte nicht, aber die Sätze brachen ab, und er setzte immer wieder neu an, suchte mit den Augen die Landschaft nach den Erinnerungen ab. Ausgerechnet mein Großvater, der für alles einen guten Satz fand und das richtige Wort. Er hob die Augenbrauen.

»Ich wohnte damals in einer Dachwohnung. Ich kann mich nicht mehr erinnern, wie es da aussah. Oder in was für einem Haus die Wohnung war. Seltsam. Aber wie Hanne am Fenster stand, das weiß ich noch ganz genau. Wir wollten an dem Tag nach München fahren. Für immer. So war das. Ja, so muss das gewesen sein. Sie hatte sich weggedreht, weil ihr Gesicht, das konnte ich nur von der Seite sehen. Und dann sagte sie: ›Ich kann das nicht, ich kann doch meine Mutter nicht einfach so zurücklassen.‹«

Er lachte.

»Und was habe ich gesagt, ich Clown? ›Ja, nimm sie mit!‹ Das habe ich gesagt. Vielleicht kann man den alten Drachen draußen anbinden. Das hätte ich sagen sollen! Habe ich aber nicht. ›Zwei Kriege‹, hat sie gemeint. ›Zwei Kriege hat meine Mutter durchgemacht und was weiß ich noch alles. Ich kann sie nicht da lassen. Was soll denn aus ihr werden?‹ Das hat meine Hanne zu mir gesagt.«

Wir nahmen die Ausfahrt zum See und fuhren durch ein Waldstück. Sonne und dunkelgrüner Schatten wechselten sich ab wie Leopardenfell. Die Lichtpunkte sprangen über sein Gesicht, als er erzählte.

Ich schloss die Augen und sah ihn auf der Matratze liegen, ein Mann mittleren Alters, und Hanne am Fenster im Licht. Staub flog neben ihrem Ohr. Unten im Haus die Möbel schon ausgeräumt. Alles für den Umzug bereit.

»Sie war ganz anders als ihre Mutter Alma«, sagte er. »Sie war auch nicht wie deine Mutter. Ich konnte nicht Nein sagen.«

Jetzt sah ich sie wieder in dem Cabrio, aber diesmal war meine Urgroßmutter Alma auch dabei, auf dem Rücksitz. Sie band ihr seidenes Kopftuch unterm Kinn und rümpfte die Nase.

»Also, der Drache wohnte bei uns, neben uns. Ich war nicht mehr mit ihr allein, nie. Manchmal musste Hanne auch nachts bei ihr schlafen, im Bett. Und ich habe gelesen und gedacht, das kann doch nicht wahr sein. Hanne hat sich nicht gewehrt. Und das mit der Singerei, das hat die Alte auch alles geregelt. Sie war zu dumm zum Scheißen, deine Urgroßmutter, aber sie wusste, wenn jemand sie übers

Ohr haut. Misstrauen, das hat sie weit gebracht. Alles war schlecht für ihre Tochter Hanne. Aber gemütlich war's in meinem Haus mit meinen Sachen trotzdem.«

Er blickte mich an, zum ersten Mal seit Minuten.

»Da wärst du auch gegangen, Marie.«

Er drückte den Zigarillo aus, dabei fiel ihm die Asche zwischen die Beine auf den Ledersitz. Er hatte lange keinen Zug genommen.

*

Erst als ich raus bin aus Nicolas' Wohnung und auf der Straße stehe, fällt mir auf, dass ich keinen Schlüssel habe, dass ich erst gar keinen bekommen habe. Jemanden ohne Schlüssel zurückzulassen, das kommt Einsperren gleich, finde ich.

Ich laufe durch Brooklyn, der Himmel ist silbrig, aber unten bei mir auf der Straße ist es schon finster. Nicolas war nicht zurückgekommen, obwohl der Sohn doch irgendwann ins Bett musste. Also hatte ich die halbe Flasche Weißwein aus seinem Kühlschrank ausgetrunken. Der Wein hatte schnell und spitz gewirkt, ich fühlte es sofort im Rücken, ich fühle es immer noch und hoffe, es hält bis nach Stockholm.

Wie automatisch laufe ich die zehn Blocks zurück zu Gertruds Fabrik – denselben Weg wie in der Nacht zuvor. Wo soll ich denn auch sonst hin?, verteidige ich mich selbst. Ich kenne hier ja niemanden. Bald sehe ich das Haus mit den Flügelfenstern, diese Insel von gestern Nacht. Ich beschleunige meinen Schritt. Ich bin nicht angekündigt, ich habe doch nur Nicolas' Telefonnummer und keine andere sonst. Bevor ich überlegen kann, wie ich die leise Panzertür überwinden soll, sehe ich eine junge Frau aus dem Haus kommen. Sie lächelt ganz selbstverständlich, und ich gleite in das Treppenhaus. Die zweite Tür oben steht offen, der dunkle Flur empfängt mich. Ich klopfe an Gertruds Tür, ohne zu zögern. Ohne Nicolas fühle ich mich hier richtig und schäme mich für gar nichts. Ich höre die großen Hunde vom Sofa plumpsen und das Klappern der Krallen auf dem Boden. Gertrud öffnet selbst und strahlt sofort, so als hätte sie mich erwartet.

»Sweetheart«, sagt sie und wird von dem Kalbshund fast umgerannt. Ich halte ihre knochige Hand fest, und sie lässt ein klingelndes Kichern hören.

»Come in, come in.«

Wir gehen durch den Flur ins Wohnzimmer, in dem heute nur eine Lampe brennt. Eine kleine Leselampe über der Couch. Überall liegen Zeitungen.

»Sit, sit. Peter will be here any minute. I thought it was him.«

Ich frage mich gar nicht, was das mit Peter ist und warum der jeden Abend da ist, aber Gertrud antwortet mir, während sie mir einen Tee eingießt.

»Peter is an old friend of mine. He owns a gallery downtown. And since his boyfriend left him …«

Sie winkt ab, streichelt den Hund, der seinen Kopf schräg auf den Tisch gelegt hat, um mit der Zunge einen Keks zu erreichen. Dann schiebt sie ihn zur Seite. Ich bilde ihn mir also doch nicht ein, den Hund.

Ich bedanke mich für das Essen und alles am Abend vorher, will höflich sein.

Gertrud setzt sich wieder, wischt die Zeitungsseiten übereinander. Es ist ganz still hier oben. Ich höre keine Autos, keine anderen Menschen, niemanden im Treppenhaus. Die Hunde atmen ruhig ein und aus, und vor den Fenstern ist es schon so dunkel, dass ich mir einreden kann, das Meer finge direkt hinter den Scheiben an.

»What did my grandfather do? I mean in New York?«

Gertrud wartet einen Moment, dann reibt sie sich ein Auge.

»You mean besides the things that we did with each other?«

Sie überlegt.

»First, there was the store. Aaron opened it a few blocks from here. *Antiques & Jewellery.* Your grandfather brought in some money but he wasn't interested in working, you know. Never interested in working, yes.«

Sie lacht, und ich warte gespannt, sinke in dem Sessel tiefer ein.

»Aaron worked there, and Nicolas as a little boy, he loved it. It was good, a good store. You know, how it goes, yes?«

Ich nicke wieder, einer der Hunde träumt und jault mit zuckenden Pfoten.

»Chasing foxes through the woods«, sagt Gertrud.

»When did he leave New York?«

»You don't know?« Gertruds Augen blitzen. Sie macht den Mund einmal auf und wieder zu.

»In the late Seventies, maybe Eighties? Nicolas can remember. He was in school already. He was so smart.«

Gertrud sieht mich an und dann schnell zur Decke.

»He was so smart, he knew it all.«

*

Mein Großvater und ich nahmen einen schmalen Pfad durch den Wald zum See. Er lief mit ruhigem Schritt voraus. Die Kiste hatten wir im Auto gelassen. Das Jackett trug er in der linken Hand, die andere Hand ruhte in der Hosentasche. Die Luft war kühl und feucht im Wald, der Tag war immer heißer geworden. Ich zog meine Socken und Sandalen aus und lief barfuß über die platte Erde und das junge Gras.

»Das sind alte Freunde«, sagte er und wies in den Wald, dorthin, wo die Sonne durch die Tannen glitzerte.

»Ich habe versprochen, dass ich sie besuche, wenn ich mal in der Gegend bin, und nie habe ich es geschafft. Aber jetzt ist Aaron hierhergekommen.«

Ich wunderte mich nicht, dass sie nicht wirklich verabredet waren. So läuft das eben in der Welt meines Großvaters, dachte ich. Man sieht sich, wenn man sich sieht. Und dann trinkt man einen Whisky und ist sich irre einig. An dem Tag im Wald mit dem Schmuck auf dem Rücksitz wusste ich noch nicht, dass das gar nicht stimmte, dass das weder in der Welt meines Großvaters so lief noch mit Aaron. Vor allem nicht mit Aaron, und überhaupt auch sonst nirgendwo.

Wir kamen ans Ufer zu einem Grundstück mit Anlegestelle. Das Haus war aus Holz und bäuerlich, und während ich vorsichtig auf der Wiese stehen blieb und die Augen zusammenkniff, lief mein Großvater auf einen Mann zu, der im Schatten unter einem Sonnenschirm vor dem Haus saß. Der Mann stand auf, und die beiden umarmten sich. Genauso alt wie mein Großvater war der andere Mann, das konnte ich sehen, aber dicker und ein bisschen schwerfälliger. Vor sich auf dem Tisch hatte er einen Obstsalat stehen, und von den Büschen kamen die Bienen herübergeschwirrt. Die Männer hielten sich einen Moment fest und sahen sich ins Gesicht. Dann winkte mich mein Großvater heran.

»Das ist Marie«, sagte er, und ich gab dem Fremden die Hand.

»Das ist ein alter Freund«, sagte er. »Wir kennen uns aus Hamburg.«

»Wie ihre Großmutter«, sagte der Dicke, und seine Stimme war tief, verröchelt und voller Spucke. Ich bekam Gänsehaut.

Mein Großvater sah mich an.

»Ja«, sagte er. Dann blickte er über den glitzernden See.

»Schön hast du es hier.«

»Setzt euch doch.«

Wir setzten uns, und er brachte uns Schälchen für den Obstsalat und einen Schnaps für sich und meinen Großvater. Von dem Schnaps gab er mit einer eleganten Bewegung auch einen Schluck über den Obstsalat.

»Auf uns!«, sagte er, und die beiden stießen an.

Ich sah meinem Großvater an, dass er etwas sagen wollte. Immer wieder blickte er auf den See, dann über die Wiese. Sein Zeigefinger zuckte auf dem weißen Gartentisch.

»Was führt dich hierher?«

Der Dicke lehnte sich zurück und ließ den Arm mit dem Schnapsglas baumeln.

»Ist Aaron da? Ich wollte Aaron sehen. Und dich natürlich.«

Mein Großvater lächelte, aber es klang anders. Jetzt schaute der Dicke auch auf den See. Dann zeigte er auf ein Boot.

»Das ist mein Schiff«, sagte er. »Mein Neffe ist damit unterwegs. Ich bin zu alt, aber ich sehe gerne zu, wie es fährt. Gefällt es dir, Marie?«

Ich nickte, und mein Großvater unterbrach ihn.

»War Aaron hier?«

Der Dicke blickte zu Boden.

»Er war hier. Ich habe ihm auch gesagt, dass du da bist.«

»Hast du ihm gesagt, dass ich ihn sehen will?«

Mein Großvater ließ den Dicken fast nicht ausreden.

Ich lutschte auf einer Erdbeere und versuchte, nicht da zu sein.

»Ich habe ihm auch gesagt, dass du ihn sehen willst.«

Jetzt sahen sie sich wieder in die Augen. Mein Großvater rutschte nach vorne auf seinem Stuhl. Dann holte er sein

Zigarillo-Etui aus dem Jackett. Er verhedderte sich dabei, und ich bemerkte, dass seine Hand zitterte. Ich beobachtete das Segelboot, auf das der Dicke gezeigt hatte. Sein zitronengelbes Segel kam näher.

»Wann war er hier?«

Der Dicke seufzte und schielte zu mir herüber. Ich tat so, als hätte ich das nicht gesehen.

»Das ist doch nicht wichtig«, sagte er.

Mein Großvater funkelte ihn an und drückte seinen nur angerauchten Zigarillo im Obstsalat aus.

»Ich habe etwas für ihn«, sagte er, und einen Moment lang dachte ich, er würde weinen. Einen Moment lang hatte ich Angst, er könnte weinen.

»Lass es gut sein«, sagte der Dicke und griff nach der Schnapsflasche.

Mein Großvater stand auf und legte mir die Hand auf die Schulter.

»Danke für deine Gastfreundschaft.«

Dann hängte er sich das Jackett über die Schultern, ohne die Arme in die Ärmel zu schieben, und griff mit beiden Händen nach den Händen des Dicken.

»Nun bleib doch«, sagte dieser, und ich wusste nicht, ob er das wirklich so meinte. Die Nachmittagssonne kam jetzt schräg unter dem Sonnenschirm durch, und ich schloss die Augen.

»Komm, Marie.«

Ich bedankte und verabschiedete mich und warf einen letzten Blick auf den See und auf das glitzernde Segelschiff.

Mein Großvater war schon wieder auf den Waldweg eingebogen. Er hatte es eilig, und ich hatte nicht einmal Zeit, meine Schuhe wieder überzustreifen. Auf halbem Weg zum Parkplatz drehte er sich um, als wäre ihm eben wieder eingefallen, dass ich auch noch da war. Ich musste plötzlich an seine Geschichte von Paris denken, an ihn und Aaron beim Backgammon.

Aaron wollte meinen Großvater an dem Tag am Tegernsee nicht sehen, er wollte ihn überhaupt nicht mehr sehen und hat es auch nicht, bis er starb, ein paar Jahre vor meinem Großvater. Und ich hatte den Schmuck umsonst geklaut.

*

Plötzlich steht Nicolas im Zimmer, sieht von seiner Mutter zu mir und wieder zu ihr und presst die Kiefer aufeinander. Keine Begrüßung. Dass ich wieder hier bei seiner Mutter sitze, scheint er geahnt zu haben, aber es gefällt ihm offenbar nicht. Doch ich, ich fühle mich sehr wohl auf meiner Insel mit Gertrud, die ein bisschen eingenickt ist auf dem Sofa, während ich hinaus in die Dunkelheit schaue.

»What are you doing here?«

Er stellt sich ganz nah neben den Sessel, auf dem ich durch das Zimmer treibe, und packt meinen Oberarm.

»Let us go«, sagt er.

Gertrud rollt sich im Schlaf auf die andere Seite, ihr Arm gleitet vom Sofa. Ich stehe auf, und Nicolas deckt seine Mutter mit einer gestrickten Decke zu. Auf dem Tisch vor dem Sessel liegt das Foto, das Gertrud mir gezeigt hat: mein Großvater, Aaron und sie vor Aarons Laden. Gertrud trägt Jeans, die unten aufgekrempelt sind, und Schlappen, als hätte sie gerade gearbeitet. Ihr Kopf lehnt an der Schulter meines Großvaters. Aaron steht im Eingang seines Ladens und hat die Arme verschränkt. Er sieht zu den beiden herüber. Als ich meine Tasche nehmen will, gleitet das Foto zu Boden und rutscht unter den Sessel. Nicolas hebt es auf, legt es weg und geht.

Ich muss ihm folgen, da kann ich gar nichts dagegen tun. Gertrud zuckt leicht mit dem Handgelenk, als ich das Zimmer verlasse.

Nicolas und ich laufen schweigend nebeneinander her. Gerade finde ich ihn so toll, dass es mir zwischen den Beinen und das ganze Rückgrat entlang, von oben nach unten, wehtut. Sein Leben, das irgendwie verbunden ist mit meinem, und sein Leid, das er so offensichtlich vor sich her trägt, alles finde ich plötzlich wundervoll und bin davon überzeugt, dass wir uns deshalb getroffen haben, weil wir zusammengehören. Warum denn sonst? Ich will ihn am Ärmel festhalten, ich will, dass er stehen bleibt, ich will sein Gesicht umklammern. An einer Häuserecke wird er tatsächlich langsamer, als hätte er mich gehört, und wir küssen uns endlich. Er fest und bissig, und ich lasse es über mich ergehen, aber es ist trotzdem viel besser, als wenn wir uns nicht geküsst hätten. Ich will ihn länger küssen als er mich, denn er macht Anstalten weiterzugehen. Ich küsse ihm hinterher, fasse ihn am Kragen und halte ihn so vor meinem Gesicht. Sein Bart kratzt mein Kinn wund, das Gefühl hatte ich schon am Morgen.

Seine Haare riechen ein bisschen wie seine Wohnung, nach ungewaschenen Klamotten und Matratze, und neben seinen Augen hat er Falten, auf jeder Seite fünf Stück, die wie Strahlen, wie Tigerstreifen Richtung Schläfe zielen. Ich küsse noch ein bisschen, bis er mich an den Schultern wegdrückt. Er sieht mich an, mit seinen scharfen Augen. Mir ist alles egal, Frau, Kinder, weiterküssen will ich, obwohl die Nacht auf dem Sofa nicht schön war. Ich erinnere mich an das, was wir getan haben – Standbilder. Rau fühlte es sich an, atemlos und trocken irgendwie, nicht schön. Deshalb schlief er ja auch nicht neben mir oder auf mir, sondern woanders. Aber ich will es trotzdem wieder tun.

Er drückt mich also weg und läuft weiter. Ich hinterher, hole ihn nach ein paar Schritten ein.

»Did you see your son?«

Nicolas wartet ein bisschen, dreht sich dann um und sieht nach der völlig leeren Straße hinter uns, in der unsere Schritte hallen.

»Yes«, sagt er und greift mir gleich vorweg. »He is fine.«

Er läuft neben mir her, ich starre ihn an, nur ihn, muss ein paarmal Mülltonnen und Bodenrillen ausweichen. Ich will keinen Krieg mehr, ich will Frieden und Liebe auf dem roten Sofa.

Ich sehe mich mit einem kleinen Jungen, dunkellockig

wie Nicolas, an der Hand durch die Straßen laufen, während über uns Blütenblätter herabrieseln. Dann winke ich in die Kamera und gehe in die Knie, um klein Nicolas etwas zu zeigen.

Nicolas klappert in seiner Tasche nach dem Schlüssel. Eine Ecke noch, und wir sind bei seinem Haus, dem schmalen Backsteinturm mit der Feuerleiter. Nicolas springt schnell die Stufen hoch und schließt die Tür auf.

»Why are you here?«

Weil ich mich interessiere für dein Leben und alles, sage ich, oder so etwas Ähnliches. Weil ich da mitmachen will, was hältst du davon?

Mein Großvater sitzt in einem ganz dunklen Raum, man kann nur wenig von ihm sehen, weil das Licht so steil von oben kommt. Er lacht mich aus.

»Why are you here?«, fragt Nicolas noch einmal, leise, bevor er im Hausflur verschwindet. Vielleicht, damit ich Zeit habe, darüber nachzudenken.

Oben am Treppenabsatz, nach ein paar Sekunden ohne Antwort, taucht er wieder auf. Ob ich ausgehen will, fragt er. Als hätte ich den Eindruck gemacht. Durch die Art, wie ich dastehe vielleicht, wie ich mich nicht vom Fleck bewege und nervös am Handlauf reibe.

»Kein Problem«, sagt er, »dann gehen wir eben aus.«

Geschickt war das, eine Falle, ein guter Trick. Ich bewundere ihn. Ich bewundere ihn für seine totale Unehrlichkeit. Draußen, auf der Straße, dreht er sich wieder um, aber nicht nach mir, sondern an mir vorbei, diesmal einem leisen Auto nach, das um die Ecke biegt. Er sieht etwas, denke ich. Er sieht Gespenster, genauso wie ich. Ich springe über eine Pfütze, um mit ihm Schritt halten zu können. Ich springe in die Nacht mit ihm, wie in einen Abgrund.

Der Club, in den wir gehen, ist in einem Kellergewölbe, in dem das Wasser, der Schweiß der Tanzenden, an den Steinwänden hinunterläuft. Der Raum ist angefüllt vom Dampf der Menschen und vom Zigarettenrauch. Nicolas legt mir die Hand auf den Rücken und führt mich so durch die Menge zum Tresen. Er bestellt zwei Drinks für uns und bezahlt, während ich ihn dabei beobachte. Wir stoßen an, mit freundlichem Lächeln, als hätten wir uns vor fünf Minuten hier kennengelernt, und ich rühre mit dem Strohhalm um. Die Lautsprecher stehen rechts und links der Bar auf einem Podest, der Bass kriecht durch meine Zehen in meinen Magen. Unterhalten ist nicht möglich, aber ich versuche es trotzdem.

»Wie lange bist du schon verheiratet?«

Ich brülle Nicolas ins Ohr, während er gleichzeitig jemanden, der gerade hereingekommen ist, mit Handschlag und Schulterklopfen begrüßt. Ich werde die Frage nicht noch einmal stellen, aber eine Antwort will ich trotzdem. Es ist dunkel in dem Keller, die Gesichter sind schlecht zu erkennen, erhellen sich nur manchmal durch die Feuerzeuge.

Nicolas wendet sich zu mir.

»Seven years«, sagt er.

Sieben Jahre. Sieben Jahre Aufstehen mit Nicolas, sieben

Jahre Frühstück machen und das gleiche Klingelschild haben.

»Why are you separated?«, frage ich mutig und wirble meine Eiswürfel im Glas hin und her.

»We are not«, sagt Nicolas. Und dabei sieht er mich an, als hätte ich ihn gebeten, seine Hosen herunterzulassen, ganz kurz.

Da ich nicht antworte, nicht schnell genug, kann er das Thema abschließen. Er hat sein Glas schon ausgetrunken und bestellt sich mit einer feinen Bewegung ein neues, so subtil, als würde ihm der Laden gehören. Ein Mädchen auf der anderen Seite winkt ihm zu, und Nicolas hebt die Hand. Die beiden machen Zeichensprache, man kennt sich wohl gut. Ich bin völlig überflüssig, warum hat er mich nur mitgenommen?, frage ich mich. Damit ich nicht mit zu ihm komme? Vielleicht. Ein guter Trick. Ich traue mich nicht zu fragen, weil das, was zwischen uns ist, sonst aufhören könnte, was immer es ist. Und das wäre noch viel schlimmer. Ich bin wie versteinert, halte das kalte, feuchte Glas in meiner Hand nicht richtig fest und fühle, wie es langsam durch meine Finger nach unten rutscht. Wenn es jetzt fällt, denke ich, und in hundert Scherben zerspringt, dann werde ich mich nicht bewegen. Ich warte darauf, dass es mir ausgleitet und wie ein schwerer Wassertropfen, gelöst von meiner Hand, durch die Luft stürzt.

Nicolas' Freund, der, der vorher mit Handschlag begrüßt worden war, stellt sich zu uns. Er hat inzwischen auch etwas zu trinken, und die beiden unterhalten sich. Zwischendurch sehen sie zu mir herüber, dann reden sie weiter. Nicolas nickt auf einmal und beugt sich zu mir.

»You wanna do some coke?«

Jetzt halte ich mein Glas schnell wieder ganz fest. Der Freund grinst mich an und brüllt mir seinen Namen entgegen, den ich nicht verstehe.

»Come on«, sagt er dann, und beide drehen sich um.

Some coke, denke ich. Ich folge Nicolas. Scheiße, was ist das nur, wenn mein Großvater auch schon lacht?

Einfach gehen, jetzt, Treppe hoch, Taxi, Koffer. Wenn ich einen Schlüssel hätte, verdammt. Daran scheitert die stolze Idee. Und weil ich bei ihm sein will. Ich muss hinter ihm bleiben, muss seinen Rücken anschauen, die hochgezogenen Schultern, die Arme, die er immer eng am Oberkörper hat. Die Art, wie er durch die Menschenmenge geht, ganz schmal, als wolle er jeden Körperkontakt vermeiden. Die Art, wie er ein Bein übers andere schlägt und sein Knie spitz nach oben zeigt. Die Art, wie er plötzlich jemandem nachsieht, so wie jetzt, fast glaube ich, er würde stehen bleiben.

Es hat einen Grund, denke ich, dass er mich mitgenommen hat. Dass er und ich zusammen hier sind, und ich muss dableiben und es herausfinden. Muss einfach.

Durch einen Gang mit tiefer Decke, in dem sich alle bücken müssen, außer mir, kommen wir zu den Toiletten. Der Freund, ein großer Kerl mit Vollbart und glücklichem Gesicht, wirkt neben Nicolas wie der Weihnachtsmann. Er schlüpft in eine der Kabinen, Nicolas hinterher, und sie warten, bis auch ich dazugekommen bin. Dann schließt der

Weihnachtsmann die Tür und klappt den Klodeckel runter. Nicolas steht ihm gegenüber, ich habe den Türgriff im Rücken. Der Weihnachtsmann kniet neben dem Klo, fummelt ein zerknülltes Plastiktütchen aus seiner Jackentasche und seinem Geldbeutel. Er und Nicolas reden über irgendetwas, gemeinsame Freunde.

»Have you seen him lately?«

»On Eve's birthday, I think.«

»He looked awful. His face turned grey over the last year.«

»I think his business is dying.«

»Poor sucker.«

»I think he knew. I think he expected it.«

»Dina left him.«

»I slept with her.«

»I know.«

»I think you slept with her, too?«

»I think Dina slept with everyone.«

Der Weihnachtsmann zieht auf einer Zeitschrift mit Hilfe einer Kreditkarte Linien, immer hin und her, her und hin, wieder vermischt, wieder geteilt. Irgendwann gefällt ihm, was er gezogen hat, und er reicht Nicolas den zusammengerollten Geldschein. Nicolas beugt sich runter, der Weihnachtsmann redet inzwischen weiter. Dann ist er selbst an der Reihe, redet aber trotzdem weiter, nur ganz kurz unterbricht er, um mir den Schein hinzuhalten, jedoch ohne mich anzusehen, weil er Nicolas mit den Händen etwas erklären will. Ich nehme ihm den Schein ab und zögere, bis er sich zu mir dreht.

»Be my guest.«

Der Weihnachtsmann zeigt eine Reihe sehr weißer und gerader Zähne. Ich finde ihn nett. Er gibt mir Sicherheit, und ich gehe in die Knie. Ein Nasenloch zuhalten, Schein ansetzen, fertig. Ich stelle mir vor, wie die Kristallkrümel direkt auf mein Hirn treffen und sich durch die fleischig beige Oberfläche brennen.

Während ich noch auf dem kalten Steinboden hocke, legt Nicolas seine Hand auf meinen Kopf. Nur ganz leicht und ohne Bewegung, fast könnte man meinen, er ruhe sie nur aus, so beiläufig passiert das, aber er tut es, und ich bleibe hocken, um seine Hand weiter auf meinem Scheitel zu spüren.

Dann ist Nicolas wieder dran, und so geht es ein paar Runden weiter. Ich fühle gar nichts. Wie beim ersten Sex ist das, denke ich. Das ist alles? Ich finde es nur albern, aber ich mache weiter mit. Vielleicht passiert ja noch was. Der Weihnachtsmann reicht mir zum vierten Mal den Schein, und ich bücke mich wieder gerne. Aber nicht wegen der Drogen, sondern nur wegen der Hand auf meinem Kopf.

Als ich mich diesmal wieder aufrichte und leicht schwanke, vielleicht, weil mein Kopf so lange nach unten hing und das Blut hinter meinem Gesicht aufgemischt wurde, lächelt Nicolas mich an, und ich denke an das, was meine Mutter gesagt hat. Mein Herz klopft, alles in mir rutscht eine Etage tiefer, will raus, entkrampft sich, wird leicht und taub und rauscht. Alles wird Gold.

Ich lecke mir über die Lippen und über die Zähne, und

Nicolas zieht mich an sich, während der Weihnachtsmann noch erzählt, das stört den gar nicht, und mich auch nicht. Nicolas' Mund ist trocken und warm, und ich glaube, dass nicht nur alles aus Gold ist, sondern auch ganz klar und deutlich vor mir liegt. Wie große Bälle aus schwerer brauner Watte, die hin und her taumeln, sich manchmal treffen und abstoßen. Ich muss nur danach greifen.

10

Elmar holte mich von der Schule ab. Obwohl ich ihm schon am Morgen gesagt hatte, dass es mir scheißegal sei, wie es meiner Mutter gehe. Dass ich da nicht mit hin wolle und dass ich mit der Tram fahren würde, heim, wie jeden Tag. Daraufhin hatte Elmar meinen Vater angerufen, und der hatte gesagt, ich müsse das selbst entscheiden, er könne dazu nichts mehr sagen.

Es war matschig und kalt an dem Tag, an dem Elmar mich abholte. Im ganzen Schulhaus war der Boden braun und wässrig und voller Streusteinchen, die in meinen Schuhsohlen stecken blieben. Ich war den ganzen Tag wütend gewesen über den Geruch von feuchten Jacken und darüber, dass sich meine Jeans unten mit Schmelzwasser vollgesogen hatte. Zu allem Überfluss hatte ich meine Lateinhausaufgaben nicht gemacht, mal wieder, und ausgerechnet da wurde ich zum Übersetzen aufgerufen. Es wurde still in der Klasse, denn eine Ausrede hatte ich nicht.

»Bleib doch bitte nachher kurz da, Marie.«

Frau Strodler hatte sich eine Notiz gemacht und wartete nach der Stunde, bis alle das Klassenzimmer verlassen hatten. Dann nahm sie die Brille ab und packte die Bücher *Roma III* und den *Caesar*, den Verschissenen, in ihren beerenfarbenen Rucksack. Die eingesammelten Hefte steckte sie in eine Jutetüte. Ich stand vor dem Pult und sagte nichts.

»Marie, ich mache mir Sorgen.«

So sah sie nicht aus, die Frau Strodler, nach Sorgen, ganz und gar nicht.

»Du bist doch ein schlaues Mädchen«, sagte sie, »das hast du nicht nötig. Ich würde gerne verstehen, was mit dir los ist. Du kannst jederzeit mit mir sprechen, das weißt du hoffentlich.«

Während sie das sagte, nahm sie ihren Mantel vom Haken und ihren Seidenschal und knotete ihn sich um.

»Vielen Dank«, antwortete ich und fing an, in meiner Winterjacke zu schwitzen. Da kam sie wieder, die Wut.

»So kommen wir nicht weiter, Marie.«

Jedes Mal, wenn sie meinen Namen sagte, schämte ich mich. Für sie und für mich, dafür, dass ich das erleben musste. Ich hatte das Gefühl, nur eine Marie in einer Fernsehserie zu spielen, die eben mal ein Problem mit einer Lehrerin hat. Eigentlich war ich das gar nicht selbst. Aber wenn sie meinen Namen sagte, dann traf es mich doch. Sie seufzte.

»Also, dann rede ich Klartext. Du musst dich mündlich um zwei Notenpunkte verbessern, sonst muss ich dir eine Fünf im Halbjahreszeugnis geben.«

Ich sagte weiter nichts. Marie hatte, laut Drehbuch, an dieser Stelle keinen Text, da konnte ich nichts dafür.

»Ich weiß, dass du in Physik und Mathe auch auf Fünf stehst. Du weißt, was das heißt?«

Drei Fünfer heißt das, du blöde Kuh, dachte ich.

»Vielleicht könnte deine Mutter in die Sprechstunde kommen? Sie war ja auch lange nicht mehr da. Sie war viel unterwegs, oder? Ihre Reportage *Die letzten Orte der DDR* habe ich gelesen, das war sehr interessant. Bitte grüße sie doch von mir. Wir kriegen das hin, Marie, aber du musst schon mithelfen.«

Die letzten Worte hörte ich nur noch wie durch eine Gummiwand. Die Reportage hatte meine Mutter von zu Hause aus geschrieben, kein einziges Mal war sie vor die Tür gegangen. Nur telefoniert hatte sie viel und nachts von einer aufgezeichneten Fernsehdokumentation abgeschrieben. Immer angehalten und zurückgespult, und dann bis mittags ausgeschlafen.

Einmal trug sie morgens um vier Sachen aus der Wohnung auf die Straße, unter anderem ihre Feinde, die Stehlampe, den kleinen Sessel und den Plattenspieler. Ich war aufgewacht und hatte gesehen, wie sie im Hinterhof mit Elmar stritt, der die Möbel wieder hinauftragen wollte.

»Lass den Scheiß, Fanny, hör auf damit, bitte, weißt du, wie spät es ist, verdammt noch mal?«

»Das sind meine Sachen, lass mich mit meinen Sachen machen, was ich will!«

Ganz schnell redete sie, und kalt war ihre Stimme.

»Willst du, dass Marie aufwacht, dass sie dich so sieht?«

Die letzten Worte brüllte Elmar, weil meine Mutter wohl an ihm vorbeigegangen war mit ihren Feinden.

»Fanny!«

Jetzt sind die Nachbarn wach, dachte ich. Jetzt sind alle Nachbarn wach und machen Licht und sehen auf die Straße und sehen, was hier los ist. Bestimmt auch der Hausmeister, über den sich meine Mutter früher freuen konnte, wenn mein Vater ihn nachgemacht hat. Es tat weh, daran zu denken. Weh und nichts anderes.

Ich ging wieder ans Fenster und sah sie tonlos weiterstreiten und gestikulieren. Elmar wollte ihr den kleinen Tisch abnehmen, aber meine Mutter zerrte an ihm, bis er ihn abstellen musste. Ich rutschte an der Wand herunter, damit ich die beiden nicht mehr sehen musste, und machte die Augen zu. Morgen ist es vorbei, dachte ich, und die Nachbarn werden sich das auch denken.

Am Tag darauf brachte Elmar sie weg, noch bevor ich aufgestanden war.

»Ich werde es meiner Mutter ausrichten«, sagte ich, und Frau Strodler nickte zufrieden. Oder wenigstens ein wenig zuversichtlich. Ich habe alles getan, dachte sie bestimmt. Ich bin zu der Schülerin vorgedrungen und habe einen Anfang gemacht.

»Du kannst gehen, Marie, bis morgen.«

Nach der sechsten Stunde stand Elmar tatsächlich da. Ich wollte gerade mit Lisa hinter der Säule auf dem Hof eine rauchen und mit ihr den Schokoriegel teilen, als ich sein Auto auf der gegenüberliegenden Straßenseite entdeckte. Der Motor lief, der Warnblinker blinkte.

»Scheiße«, sagte ich.

»Scheiße«, sagte Lisa. »Rufst du nachher an?«

»Ich fahr doch da nicht mit«, sagte ich, zog extra lang an der Kippe und musste husten.

»Was willst du denn sonst machen?«

»Ich fahr da nicht mit«, sagte ich. »Null fahr ich da mit.«

»Er hat dich gesehen«, sagte Lisa.

Elmar hatte das Fenster heruntergekurbelt und hob die Hand, als wären wir verabredet.

»Scheiße«, sagte ich noch einmal, und Lisa nahm mir die Zigarette ab.

»Ruf halt an, nachher.«

Sie band sich ihre blonden Haare zum Pferdeschwanz, zog ihre Mütze auf und lächelte ein bisschen. Ich bewunderte sie einmal mehr und zum ersten Mal so richtig für ihre Gelassenheit. So wie sie mit fünf war, so war sie auch mit fünfzehn, und so würde sie auch mit fünfundzwanzig sein. Um Lisa konnte die Welt untergehen, sie blieb trotzdem ganz ruhig. Sie war wie ein Tier aus einem Märchen, das auf mich aufpassen sollte, verkleidet als schönes Mädchen.

Ich lief über die Straße durch den Schneematsch und klopfte meine Stiefel ab, bevor ich einstieg. Elmar hatte den Mantelkragen aufgestellt, offensichtlich fror er, trank aber trotzdem Cola aus einer kleinen Glasflasche.

»Ich habe dir ein Brot mitgebracht. Du hast ja noch nichts zu Mittag gehabt.«

Heute weiß ich, wie groß das war für ihn, mir noch etwas zu essen mitzubringen, für diese Fahrt raus zu meiner Mutter.

An dem Tag sagte ich aber nur: »Doch, habe ich schon«, und schnallte mich an. Lieber wollte ich verhungern.

*

Das zweite Mal machen Nicolas und ich es also auf dem Klo. Es läuft nicht viel anders als auf dem Sofa in der ersten Nacht. Wieder kurz und halb angezogen. Und sperrig.

Der Weihnachtsmann hat sich höflich aus der Kabine verdrückt, obwohl es mir auch egal gewesen wäre, wenn er dabeigeblieben wäre. Danach setzte sich Nicolas auf den Klodeckel und zog mich zu sich, so dass ich vor ihm auf dem Boden saß, zwischen seinen Beinen. Er strich mir über das Gesicht und klemmte meine Haare hinter die Ohren. Ich bleibe bei dir, dachte ich. Du bist der Grund, warum ich herkommen musste, in diese Stadt, diesen einzigen riesigen Supermarkt von einer Stadt. Hier gibt es wahrscheinlich nichts zu finden, außer dir. Nur deswegen bin ich hier, und deswegen werde ich auch bleiben.

Ich legte meinen Kopf auf sein Knie, um mich herum drehte sich die kleine Kabine im Takt der Musik, die keine mehr war, sondern Stimmenbrei mit Bass.

Paris. Das Hotel. Komischerweise sind die Lichter aus. Der Flur ist zum ersten Mal, seit ich ihn kenne, dunkel, seit zwanzig Jahren. Nie waren die Lichter aus!

Ich bin zu spät, denke ich, ich hätte früher kommen müssen. Ich habe sie verpasst.

Es ist still und wie luftleer auf dem Gang, nur ganz blass kann ich das Rot des Teppichbodens sehen. Die Decke, die Kronleuchter, alles ist weg, und nach hinten und nach vorne nur dunkler Flur. Vielleicht bin ich in einem stillgelegten Teil des Hotels. Das muss es sein, eine andere Erklärung gibt es nicht. Einfach weiter geradeausgehen, irgendwann komme ich bestimmt wieder in den Haupttrakt, da, wo unten die Bar ist und die gläsernen Schwingtüren und die Halle mit den Fahrstuhltüren. Es kann doch nicht später sein als kurz nach Mitternacht, ich war doch nur für einen Moment weg. Der Flur hört aber nicht auf, zieht sich stattdessen ewig hin, und die Zimmertüren rechts und links haben keine Nummern. Hier hat schon lange keiner mehr übernachtet oder noch nie jemand gewohnt.

Marie, was denkst du eigentlich?, scheinen mir die Gänge zuzuflüstern.

Ich atme flach und will vor Freude laut brüllen, als ich die drei Fahrstühle vor mir sehe. Endlich, jetzt nur noch runter ins Erdgeschoss, von da aus werde ich sie dann finden. Der Fahrstuhl steht schon offen, und die Tür schließt sich lautlos, als ich auf den Knopf drücke. Auch sinkt der Lift lautlos. Im Gegensatz zu den leeren Fluren ist es hier spärlich beleuchtet. Der Notstrom ist an, eine schwache orangefarbene Leuchte summt an der Decke. In dem Spiegel sehe ich mich undeutlich.

Die Türen öffnen sich wieder, aber ich kann mich nicht bewegen, so tief sitzt der Schreck. Die Bar ist leer. Alles ist ordentlich aufgeräumt. Auch hier leuchtet nur ein Nachtlicht hinterm Tresen. Alle Gäste sind weg. Alle Kellner sind weg. Nicht einmal mehr das Lachen des vergangenen Abends ist noch zu hören, nichts hallt mehr nach. Sonst höre ich doch immer etwas. Zu lange ist es her. Das kann nicht sein, denke ich, immer noch erstarrt.

Ich wollte doch mit ihr sprechen, ich muss sie doch noch etwas fragen, ich wollte ihr doch noch begegnen, ich wollte doch noch wissen, wo es war und warum und wie. Seit Jahren komme ich hierher. Ich bin Stammgast. Immer habe ich etwas bekommen, wenigstens die Lichter waren immer an. Sie kann mich doch nicht im Stich lassen! Sie, die Einzige, die es wissen muss.

Ich gehe ein paar vorsichtige Schritte über den kalten Marmorboden. Die Flaschen neben dem Eingang sind ausgetrunken und zum Abholen bereit. Es riecht nach kaltem Rauch, jemand hat die Aschenbecher schon geleert und gestapelt.

Hier nicht, flüstert es hinter mir. Könnte aber auch der Wind gewesen sein, denke ich. In so alten, leeren Hotels ist es meistens der Wind, später dann die Geister. Der Wind, das war der Wind, muss ja. Ich höre trotzdem noch mal hin. Hier nicht. So nicht.

Ich schrecke hoch. Nicolas ist weg. Die Musik ist aus, jetzt wirklich. Ich höre Geklirre und Stimmen, inzwischen nicht mehr so viele. Das Licht ist auch anders als zuvor. Es ist eingeschaltet, in der Klokabine ist es hell. Ich stehe auf, viel zu schnell. Geschlafen habe ich nicht, ich kann mich daran erinnern, wie Nicolas gegangen ist, und daran, dass ich liegen bleiben wollte, weil es so schön war, gerade da zu schweben, kein Ort war zuvor besser gewesen. Der Boden so weich, mir nicht zu kalt und nicht zu warm.

Raus aus dem Klo, rein in den tiefen Gang. Die Stimmen werden lauter, der Lärm auch. Ein Pärchen diskutiert leise und eindringlich am Eingang zu dem großen gewölbten Raum. Ich will sie im Vorbeigehen beobachten und verlangsame meine Schritte, weil mich plötzlich sehr interessiert, warum die beiden noch da sind und was das Problem ist. Wie in Zeitlupe gehe ich die paar Schritte an ihnen vorbei, werde nicht bemerkt, kann aber auch fast nichts verstehen.

»That is not the point.«

»What is the point then?«

»It is something else. There must be something else.«

Auch im großen Raum, über der Bar, sind jetzt die Lichter an. Ein Mann mit vielen, vielen Tattoos sammelt leere Flaschen ein und schmeißt sie in eine Tonne. Daher kommt das Geklirre. Hinter dem Tresen spülen zwei Frauen Gläser und unterhalten sich laut. Sie lachen, die eine wirft der anderen das Geschirrtuch zu und stellt dann die Barhocker zusammen. Auch hier bemerkt mich niemand. Der Abend ist vorbei.

Nicolas lässt mich rein. Er hat nicht geschlafen, das sehe ich ihm an, seine Pupillen sind scharf und groß, genau wie meine. Wir starren uns einen Moment an der Tür an, bevor er zur Seite geht. Ich habe Kopfschmerzen, und mein ganzes Gesicht pocht. Nicolas macht Tee und setzt sich mir gegenüber auf das rote Sofa.

»You are too old to start with drugs«, sagt er und steht auf, um den Wasserkocher auszuschalten. »Tea makes it better.«

Durch das schmale Fenster kommt trocken das Morgenlicht. Langsam mischt es sich mit dem warmen Schein der Stehlampe. Nicolas' Haut ist durchsichtig und seine Bewegungen langsam. Beide sitzen wir wie auf dicker Watte, und auch zwischen uns ist Watte. Ich will gar nicht wissen, warum er gegangen ist, warum er mich mit dem Kopf auf dem Klodeckel hat liegen lassen. Ich will mich nur hinlegen und schlafen. Schon immer war mir der Gedanke, wach zu sein, wenn es hell wird, gar eine ganze Nacht den Schlaf auszulassen, unerträglich. Ich wollte nie durchmachen oder so lange aufbleiben, bis alle anderen wieder aufstehen. Ich brauche den Schlaf dringend, nicht nur, damit meine Nerven und Muskeln und Innereien weiter gut das machen, was sie machen sollen, sondern für meinen Kopf. Wenn ich nicht schlafe, glaube ich, sehe ich noch mehr Sachen, die nicht da sind.

Das leise Klirren, mit dem Nicolas seine Tasse auf dem niedrigen Tisch abstellt, dröhnt in meinem Kopf wie zwei Schellen beim Abschluss einer Symphonie.

»I want to go to bed«, sage ich.

»Go ahead«, sagt Nicolas.

Nicht müde ist er, aber ich will, dass er mich festhält. Ich will, dass er hinter mir liegt, den Arm um mich herumlegt und ich durch sein Zimmer sehen kann, wenn ich die Augen öffne. Mit seinem Atem an meinem Hals.

»I don't wanna stay on the couch«, sage ich.

Nicolas seufzt. Dann setzt er sich aufrecht hin, legt das Gesicht in die Hände, atmet noch mal ein und aus.

»What do you want then? What is it you want here?«

Es ist noch ein bisschen heller geworden in den letzten paar Minuten, die Häuser auf der anderen Straßenseite haben schon blasse Farben.

»I promised my grandfather.«

Meine Stimme hört sich schwach an, brüchig, als wäre sie von jemand im Nebenzimmer.

»What did you promise?«

Nicolas hat immer noch dieselbe Haltung. Die Unterarme auf den Knien, der Kopf gehoben. Wie bei einem Verhör. Ich verschwinde in der Couch.

»That I would go to New York one day.«

»To do what?«

Ein Hund ist aufgewacht, irgendwo in der Nachbarschaft, und bellt. Mich stört das ungemein, ich sehe aus dem Fenster, recke meinen Nacken, als könnte ich ihn entdecken und zum Schweigen bringen. Wie oft man auf so Sachen reagiert, denke ich, an denen man gar nichts ändern kann. Die Zeitung lässt man sinken, im Großraumwagen, und schaut alle böse an, weil ein Handy klingelt. Oder wenn im Sommer die Alarmanlage eines Autos durch die Straßen schreit. Man kann ja sowieso nichts machen. Oder wenn der Krankenwagen fahren muss, dann muss er eben fahren, irgendwann ist man wahrscheinlich froh darüber.

»To do what, Marie?«

»To do things«, flüstere ich, »to find out.«

Nicolas lässt nicht locker, er fällt mir ins Wort. Gerade, dass er nicht die Stehlampe nimmt und so hindreht, dass mir das Licht direkt in die Augen sticht.

»To find out what?«

Er wird es verstehen, denke ich, weiß ich. Ich habe Nicolas bei unserem ersten Gespräch zufällig am Telefon gehabt, damit ich ihm jetzt alles erzählen kann. Er ist Aarons Sohn, und Aaron war doch immer dabei. Da ist es mir doch auch egal, ob er eine Frau hat und ein Kind. So etwas kann einfach kein Zufall sein. An den glaube ich sowieso nicht.

»There was something about him«, flüstere ich. Ich reibe zwischendurch meine Kiefer aufeinander und schlucke in meinem trockenen Mund den bitteren Tee hinunter. Meine Zunge klebt am Gaumen fest.

»I see my family. I see them all, and they all want something. They wait for things to happen, everyone does that, you know?«

Nicolas sagt nichts, wartet auf sein Stichwort.

Sie haben alle immer gewartet, sie waren immer alle unglücklich, ich habe auch gewartet.

Auf einmal kann ich ganz schnell reden. Watte zur Seite, und los geht's.

Er hat mir gesagt, erzähle ich Nicolas, der zuhört, jetzt aber aus dem Fenster schaut, dass man alles erleben kann, dass man sich nicht zufriedengeben muss.

Ich erzähle von den Reisen, die er gemacht hat, den Fotos, die er mir gezeigt hat. Von seinem grünen Jaguar, von seiner kleinen Fabrik in Caracas, die er hatte, nachdem er aus New York weggegangen ist. Ich erzähle von seinen geraden Anzügen, die Hüte dazu schief auf dem Kopf, dem Schnaps, den Zigarrillos, und von meiner schönen Großmutter Hanne. Ich erzähle, dass er vielleicht nach dem Krieg Steuern hinterzogen hat, aber ich lache auch und sage: »That's not so bad compared to other things, is it?«

Ich erzähle, dass er abgehauen ist, weil meine Urgroßmutter ihn verjagt hat, und dass ihm keiner verziehen hat und dass man ihm in meiner Familie alles anhängt, einfach alles, was jemals schiefgelaufen ist. Da dran ist er dann schuld. Ich erzähle davon, dass meine Mutter das zwar nie gesagt hat, aber dass ich glaube, dass sie das auch findet. Sonst sage ich erst mal nichts von meiner Mutter, nur, dass sie auch immer unglücklich war.

»Always unhappy, still unhappy.«

Und ich sage, dass mein Großvater der Einzige von allen war, der es geschafft hat.

»He looked for something and he found it, you know?«

Und dann erzähle ich von Paris.

»And he kissed Catherine Deneuve once.«

»Is that so?«

Ich lache und sage: »Ja, genauso ist das.«

Nicolas sieht mich an, ich kann kaum noch reden, so pappen meine Zähne und die Lippen aufeinander, wenn sie sich treffen.

»He sounds like an interesting man.«

»You must know, too«, sage ich. »You knew him.«

Nicolas' Stimme ist leiser geworden, aber genauso fest wie vorhin. Jetzt ist er dran. Ich streiche mit der Hand über den stoppeligen Filz des Sofas. Mein rotes Sofa, denke ich. Ich werde hierbleiben, auf meinem roten Sofa. Ich könnte hier aufräumen, ein paar Möbel finden auf der Straße, handeln mit alten Frauen auf Flohmärkten und im Sommer eine Pflanze im Topf die Treppen hochtragen. Schwanger. Und Nicolas würde lachen und sich freuen und mich herumwirbeln. Es geht ja alles, wenn man es nur will.

Das Licht ist bis zu Nicolas gekrochen, jetzt ist seine Haut blau und glänzt wie Porzellan.

»Yes«, sagt er. »Yes, I knew him.«

11

Nicolas war neun, als er es das erste Mal sah. Aber bemerkt hatte er es schon früher. Sie lebten in einer Wohnung im Hinterhaus, hinter Aarons Laden. Nicolas konnte durch den Hof laufen, siebzehn Schritte bis zur Hintertür. Vierundsechzig Stufen von der Wohnungstüre bis in den Hof. Wenn er morgens aufstand und Gertrud ihm das Frühstück machte, war sein Vater schon unten im Laden. Nicolas konnte es fast nie erwarten, mit dem Essen fertig zu werden, damit seine Mutter Gertrud ihm erlaubte aufzustehen, um zu seinem Vater zu laufen.

Der Frühling hatte gerade begonnen. Nicolas hatte Toast gefrühstückt, wie immer. Er mochte keinen Käse und keine Marmelade, er mochte nur Toast mit Butter und sonst nichts. Gertrud hatte oft versucht, ihm Eier zu braten oder Waffeln. Die aß er auch, manchmal, wegen des Puderzuckers, aber am liebsten mochte er doch den Toast. Schön dunkel sollte er sein, fast verbrannt, und dann viel Butter, die sich durch die Mitte der Scheibe saugt. Toast mit Butter und ein Glas Orangensaft, so auch an jenem Morgen, an dem die ersten Frühjahrsstrahlen durch das Fenster schienen. Es war Montag, und im Laden viel los. Nicolas half hinter der Theke und im Lager aus. Sein Vater stand an der Kasse und zeigte den Kunden erst die kleineren Sachen aus der Vitrine und aus dem Schaufenster. Ketten, Anhänger, Armreife, Ringe. Aber auch Korkenzieher, Kaffeelöffel und winzige Silberdöschen; wofür die gut sein sollten, verstand Nicolas nicht. Später holte er dann auch die größeren Sachen aus dem Regal hinter sich. Teekannen, Schüsseln, Kerzenständer, Kristallgläser und dunkel glänzende Holzkistchen. Die Kistchen hatte Nicolas besonders gerne. Er hatte eine ganz genaue Vorstellung davon, was er da alles hineintun könnte, würden sie ihm gehören. Hinten im Laden lagerten die ganz großen Sachen. Sessel, Bilderrahmen, kleine Schreibtische, Bistrostühle, Landkarten und Weltkugeln, die Nicolas jedes Mal anstupste, wenn er daran vorbeilief. Manche Sachen gab es doppelt oder sehr ähnlich noch einmal. Aaron kannte seine Kunden gut und konnte dadurch schnell etwas anbieten, wenn jemand nicht ganz zufrieden war oder sich nicht richtig zum Kauf entscheiden konnte. Im Lager gab es auch ein paar alte Fahrräder und Kleiderschränke. Das meiste Geld aber, hatte Aaron eines Abends am Tisch gesagt, nachdem ihm Gertrud Wein eingeschenkt hatte, mache er mit dem Schmuck. Manchmal habe er das Gefühl, die Leute würden Dinge wiederfinden, so wie die oft schauten. Gertrud hatte sanft gelächelt, und Nicolas hatte nicht gewusst, was sein Vater damit meinte.

Wenn Nicolas' Vater etwas aus dem Lager holen musste, blieb Nicolas bei der Kasse. Er hielt auch die Leiter, sobald etwas oben aus dem Regal gezogen werden musste. Die kleineren Sachen durfte Nicolas manchmal selbst abkassieren. Dann schloss er seine Hand zur Faust, klemmte die Zunge zwischen die Lippen und tippte mit seinem Zeigefinger den Preis ein. Aaron stand meistens in der Nähe und tat so, als würde er nicht aufpassen. Manchmal kam auch eine Lieferung, ein Bekannter, der den Nachlass eines Verwandten vorbeibrachte oder so. Dann sah sich Aaron die Sachen an, stemmte dabei die Hände in die Seiten, legte den Kopf schief und wählte die schönsten Dinge für seinen Laden aus. Und Nicolas lief nebenher, stieg mit auf die Ladefläche des kleinen Lieferwagens. Ein paar Sachen fand sein Vater immer zwischen dem Kram von den toten Tanten, und er machte den ungeduldigen Verwandten mit den kleinen Lieferwagen auch immer einen guten Preis. Nicolas war stets dabei. Die Schule war um zwei aus, und von da an stand er im Laden, bis Aaron um sechs schloss. Die Bäckereien und alle anderen Läden in der Straße hatten länger geöffnet, aber Aaron meinte, das sei ja auch etwas anderes. Alles andere bräuchten die Menschen dringender zum Leben. Leckte ein Rohr, benötigte man eben noch einen Schraubenschlüssel, egal wie spät. Oder Brot, das musste man schon früh kaufen können. Unsere Sachen, erklärte er, seien eher für das gute Gefühl, da könne man kommen, wann man will. Nicolas fühlte sich wie etwas Besonderes; der Laden seines Vaters, der war für die schönen Dinge zuständig. Da konnten ihn Isa und Peter, die dicken Zwillinge, deren Vater die Metzgerei gehörte, noch so oft ärgern und beim Ringen gewinnen. Nicolas wusste dafür, worauf es ankam. Und außerdem sah er ganz genau, wie die Alten vor dem kleinen Diner auf der anderen Straßenseite die Zeitungen sinken ließen, wenn seine Mutter aus dem Laden kam. Oder wenn sie sich zu Aaron setzte, der in der Sonne vor dem Schaufenster döste. Sie brachte ihm immer etwas zu essen, Obst für ihre beiden Männer.

»Ihr seid beide blass und dünn«, sagte sie. »Die Leute müssen ja denken, ich gebe euch nichts zu essen. Ihr Fledermäuse.«

Seine Mutter war die Schönste in Brooklyn. Doch Isa, der eine dicke Zwilling, meinte zu Nicolas, in Manhattan, da wohnten die schönsten Hasen. Die aus den Zeitschriften, aus den Modemagazinen, auf freier Wildbahn. Doch hier in Brooklyn sei Gertrud die Schönste, ganz klar.

»Glotz nicht so«, unterbrach mein Großvater Isa immer dann, wenn er nicht aufhörte, Gertrud anzustarren.

»Forget it, she is with us!«

Und Gertrud lachte und schlug meinem Großvater Benjamin auf die Schulter, und Nicolas lachte mit. Benjamin gehörte dazu, schon seit Nicolas denken konnte. Er wohnte ein paar Straßen weiter, aber Nicolas hatte ihn dort noch nie besucht. Benjamin war ja auch immer bei ihnen. Und wenn Benjamin da war, lachte seine Mutter besonders klar und laut. Benjamin und Aaron saßen oft bis spät nachts im Hof und rauchten und redeten. Nicolas ließ dann im Sommer sein Fenster offen und konnte so Fetzen der Gespräche hören, die er nicht verstand. Manchmal war Benjamin aber auch für ein paar Wochen weg. Und wenn er wiederkam, hatte er für Nicolas' Vater viele Kisten dabei. Die besonders guten Sachen brachte immer Benjamin mit. Die Halsketten, die glitzernden Broschen, und oft auch Bücher, die Aaron bis früh morgens durchblätterte. Ganz vorsichtig natürlich, beim Umblättern berührte er die Seiten fast gar nicht.

»Ich will nicht wissen, wo du das alles her hast«, sagte Aaron oft lachend beim Auspacken. Nicolas durfte auch helfen und wühlte mit in den Kartons.

»Nicolas, be careful.«

Sein Vater hatte immer diese eine strenge Falte über der Nasenwurzel, wenn er das sagte. Nicolas erschrak sich dann, und Benjamin zwinkerte ihm zu.

Wenn Benjamin so lange weg war, umarmte er auch Gertrud immer sehr lang und fest, und Nicolas bemerkte, dass seine Mutter ihn anfunkelte. Manchmal schlug sie ihn, wie im Spaß.

»Don't you do that again«, hatte er sie einmal flüstern hören.

Einmal verbrachte Nicolas den ganzen Vormittag im Laden. Es war viel los, und sein Vater nicht gut gelaunt. Die ganzen letzten Tage war das schon so gewesen. Nicolas bemühte sich also ganz besonders, aber es änderte nichts, Aaron blieb still. Er hörte den Kunden auch nicht richtig zu. Ein paarmal schon hatte er das Falsche gezeigt oder musste nachfragen.

Am Wochenende holte Nicolas normalerweise mittags etwas zu essen. Meistens Sandwichs aus der Metzgerei. Das machte er gern, denn da half Isa manchmal aus, und dann begegneten sie sich wie zwei erwachsene Geschäftsleute.

»Wie läuft es bei euch?«

»Oh, ganz gut, nicht viel los, die Feiertage.«

»Ja, ja, Pessach kommt, es liegt in der Luft.«

An diesem einen Tag wollte Nicolas nur kurz hoch in die Wohnung, die vierundsechzig Stufen rauf, um seinen Fahrradschlüssel zu holen. Er wollte ausnahmsweise das Fahrrad nehmen, weil er auf dem Hinweg noch die Servietten aus der Reinigung holen sollte, und das war zu weit, um zu Fuß zu gehen. Die Tür war nur angelehnt, im Flur standen zwei Koffer. Nicolas musste gar nicht überlegen, er wusste, dass das nur Benjamin sein konnte.

Benjamin war also zurück. Nicolas lief durch den Flur zur Küche und konnte es gleich sehen, aber aus irgendeinem Grund lief er trotzdem weiter. Er ging direkt auf die beiden zu, obwohl er es längst richtig gesehen und gehört hatte. Er blieb nicht stehen, sondern trat durch die Küchentür hindurch, so, als wollte er es genauer beobachten. Gertrud saß auf dem Küchentisch, ihr Kleid war hochgerutscht oder -geschoben worden, bis über die Hüften. Vor ihr stand Benjamin. Den Hut noch auf dem Kopf, das Hemd offen. Gertrud hatte den Arm um seinen Hals gelegt, mit dem anderen stützte sie sich hinter sich auf dem Küchentisch ab.

»Don't you do that again«, hauchte sie, aber Nicolas konnte es trotzdem hören.

»Don't you ever leave me like this again. Don't you stay away that long, do you hear?«

Nicolas lief wieder weg, den Flur zurück, die vierundsechzig Stufen plus siebzehn Schritte in den Laden. Ohne Fahrradschlüssel. Er lief direkt auf Aaron zu, der an der Theke die Zeitung las, breitbeinig, den Kopf gesenkt, so dass ihm die schwarzen Locken in die Stirn fielen, die gleichen Locken wie sein Sohn. Nicolas baute sich auf, sein kleines Gesicht glühte.

Aaron sah ihn an, seinen Sohn mit den dunklen Augen.

»What is it?«

»Benjamin is back.«

Nicolas machte eine Pause. Wie sollte er sagen, was er gesehen hatte, wenn er gar nicht genau wusste, was es war?

»Did you know that he is back?«

Aaron wartete einen Moment, konnte sehen, was sein Sohn meinte. Wie er kämpfte, wie seine Backen leuchteten, seine Haare abstanden, er seine kleinen Hände zu Fäusten ballte. Aaron wollte nicht, dass das so passierte. Aber er blieb stehen, hinter seiner kleinen Theke. Er ging nicht zu Nicolas, nahm ihn nicht in den Arm. Er strich nur mit der Hand über die Zeitung und rührte sich nicht.

»Yes, I know.«

*

Nicolas ist auf dem Sessel eingeschlafen, eingerollt wie eine alte Katze. Ich habe das Kinn auf seinem Knie und beobachte ihn beim Schlafen. Langsam lässt das Kokain nach. Ich fühle die Haut in meinem Gesicht wieder, und der Wind von draußen kühlt meine Augenlider. Meine Sinne nehmen wieder teil. Es ist Mittag oder früher Nachmittag. Ich höre Kinder auf der Straße spielen, aber richtig laut ist der Tag nicht geworden.

Aaron hat es gewusst, jahrelang, und hat es ausgehalten, hat Nicolas gesagt. Er wurde nur stiller mit der Zeit. Und es kamen weniger Leute in den Laden, weil Aaron so unfreundlich geworden war.

»He left. One day, my father told him to leave and he did.«

Er stellte sich ans Fenster und redete so leise, dass ich ihn kaum noch verstehen konnte.

»She got sick. And my father told your grandfather, that he must leave. She could not take it anymore. Waiting for him. And the other women. And he left.«

Dann hat sich Nicolas auf dem Sessel eingerollt, als Zeichen vielleicht, dass er fertig war. Ich habe mich zu ihm gesetzt und ihn gestreichelt, diesmal durfte ich das auch. Er hat nicht gefaucht und nicht gebissen.

12

Ich gehe nicht mit rein«, sagte ich zu Elmar. »Ich fahre mit, aber ich gehe sicher nicht mit rein.«

Elmar hatte eine krumme, selbst gemachte Zigarette zwischen den Lippen und drehte an den Heizungsrädchen, ohne Erfolg, im Auto war es kalt und feucht, und wir atmeten dichten Dampf aus. Elmar antwortete mir nicht, haute bloß mit der flachen Hand auf die kleine Lüftung links vom Lenkrad. Es knirschte und knackte ein bisschen, dann rollte die Heizung tatsächlich an. Elmar zog an seinem Kragen und fummelte ein weiches Päckchen Zigaretten aus dem Seitenfach. Die Notfallpackung, falls ihm der Tabak ausging, das kannte ich schon. Er hielt es mir hin, obwohl wir noch nie zusammen geraucht hatten. Es weiß ja keiner, dass ich rauche, dachte ich. Trotzig nahm ich eine aus dem Päckchen, und Elmar drückte den Zigarettenanzünder rein. Das Lenkrad hielt er mit beiden Händen unten fest, dann gab er mir Feuer.

Wir mussten einmal durch die ganze Stadt. Es gab viel Verkehr, und an jeder Ampel mussten wir minutenlang warten. Es schneite dicht, manche Autos waren hängengeblieben und hatten sich verkeilt. Elmar blieb ruhig, wich souverän aus, als ein Wagen vor uns in Schlittern geriet. Wir fuhren ein Stück Autobahn, bis zur ersten Ausfahrt nach Haar. Ich sah das Ortsschild vorbeiziehen und schloss die Augen.

*

Von dem Moment an, als Catherine reinkommt, sieht er sie. Er erkennt sie natürlich gleich, so wie alle, aber er lässt sich nichts anmerken. Und Catherine sieht ihn auch. Sie trägt einen leichten Mantel um die Schultern, den ihr ein junger Mann sogleich abnimmt und an der Garderobe aufhängt. Catherine lacht, ein paar andere junge Mädchen sind auch da, aber nur Catherine strahlt wie ein Diamant. Sie ist wohl nass geworden, sie wischt sich mit den Handschuhen über die Unterarme. Dann wird sie zu einem Tisch geführt. Und als sie sich hinsetzt, die Schöne, mit ihren langen Beinen, auf denen sie fast ein bisschen das Gleichgewicht suchen muss, blickt sie ihn an. Sie wartet eine Sekunde, womöglich zwei, vingt-et-un, vingt-deux, bevor sie sich setzt, weil sie ihn ansieht. Da hat der junge Typ, vielleicht der Kamera-Assistent, vielleicht ein junger Schauspielkollege, der sich in ihrem Licht sonnen will, schon ein paarmal neben sich auf die Lederbank geklopft. Vermutlich sieht sie ihn nur an, weil er so still dasitzt zwischen all dem Trubel, zwischen all den lauten, rauchenden Menschen. Vermutlich bemerkt sie ihn auch, weil er sich kurz an die Hutkrempe fasst, wie das schon lange keiner mehr gemacht hat, so altmodisch. Er ist mindestens fünfundzwanzig Jahre älter als sie, schätzt sie. Sie ist jünger als ein Reh, denkt er. Aaron lässt auf sich warten. Er ist noch bei einem Sammler, bei dem er sich alte Bücher ansieht, für den neuen Laden. Das kann dauern. Aaron, der Zögerliche, greift die Dinge ja nicht ordentlich an, legt nur den Kopf ewig schief. Da dauert es natürlich, bis man sich für oder gegen ein Buch entschieden hat. Kommt ihm jetzt gerade nicht ungelegen. Catherine ist ja da.

*

Elmar hatte sich weder beschwert noch versucht, mich zu überreden. Er war alleine reingegangen. Auf dem fast leeren Parkplatz hatte er geparkt und die Zigarettenschachtel und das belegte Brot vorne unter die Windschutzscheibe gelegt.

»Mach den Motor wieder an, wenn dir kalt wird.«

Ich sagte nichts, und da war er auch schon ausgestiegen. Ich beobachtete ihn, wie er durch das dichte Schneetreiben zum Eingang lief. Ich konnte auch noch ahnen, wie er am Empfang mit einer Schwester sprach, dann war er verschwunden. Ich hatte mich noch nicht bewegt, es war arschkalt geworden. Ich war bis zur Nase in meiner Jacke verschwunden, die Hände in die Ärmel zurückgezogen, und atmete durch den Mund, damit sich die Luft zwischen meinen kalten Backen und dem Stoff aufwärmte.

Es war schlimmer geworden, das wusste ich. Seit zwei Jahren, obwohl Elmar bei uns wohnte, war es schlimmer geworden. Ich wusste, dass er auf meiner Seite stand und dass er nichts dafür konnte. Ich beobachtete das belegte Brot und stellte mir vor, wie er es zu Hause geschmiert und dann in Zellophanfolie eingeschlagen hatte. Es passte überhaupt nicht zu ihm. Er konnte nichts dafür; das Brot, wie es da lag, war der Beweis. Irgendwann hatte es so kommen müssen, und wenn er etwas dafür hätte können, hätte mein Vater mich längst zu sich genommen. Und das würde wohl auch noch passieren. Ich hatte natürlich zugehört, als Elmar und er telefonierten. Und ich wusste auch, was mein Vater am anderen Ende der Leitung gesagt hatte.

»Ich wusste nicht, dass es so schlimm ist. Ihr hättet mir sagen müssen, dass es so schlimm ist.«

»Es tut mir leid«, sagte Elmar.

»Sie muss das selbst wissen«, sagte mein Vater. »Wenn sie ihre Mutter nicht sehen will, dann lass sie. Ich werde sie am Wochenende holen.«

»Ja, ich glaube, das ist gut.«

»Was du glaubst, Elmar, ist mir ehrlich gesagt scheißegal.«

»Es tut mir leid.«

»Ich weiß. Danke dir, trotzdem.«

Mein Vater war viele Monate unterwegs gewesen, bei Ausgrabungen in Griechenland für eine Reportage. Später einmal sagte er zu mir, es täte ihm leid, dass er es nicht früher gesehen hatte. Er hätte eben alles vergessen wollen, erst mal.

Es wurde sehr kalt im Auto. Die Scheiben beschlugen, eine lockere Schneeschicht legte sich auf die Windschutzscheibe. Ich stellte mir vor, ich würde einschneien und festfrieren und erst im Frühling gefunden werden, genauso, wie ich jetzt dort saß.

Elmar ist nicht schuld, dachte ich, und mein Vater auch nicht. Oder sie sind es beide ein bisschen. Elmar, weil er ihr das nicht verboten hat, weil er es ihr nicht weggenommen und das Klo hinuntergespült hat. Und mein Vater, weil er sie verlassen hat. Er war gegangen; vielleicht, dachte ich, hatte meine Urgroßmutter doch Recht. Was für ein Mann ist das, der einfach geht? Oder waren ihre Freundinnen schuld? Ich kannte zwei, die manchmal bei uns waren, bevor sie abends alle zusammen ausgingen. Sie waren sehr hübsch und laut und redeten immer über die Redaktion und über den einen, der ziemlich scharf war, und über die, die es mit jedem trieb. Die sind vielleicht schuld, dachte ich, obwohl die auch schon lange nicht mehr bei uns gewesen waren. Aber wenn mein Vater nicht schuld war, und Elmar auch nicht, und die beiden Freundinnen auch nicht, oder alle nur ein bisschen, wer dann?

Ich schob meinen Kopf wieder nach oben aus der Jacke raus. Inzwischen konnte ich überhaupt nicht mehr nach draußen sehen. Ich hauchte gegen die Scheibe und malte mit meinem Finger eine Blume. Eine doofe Blume aus einem Kreis und vier Bällchen drumrum als Blütenblätter. Wenn die alle nicht schuld sind, dachte ich, dann hatte meine Urgroßmutter vielleicht doch Recht, weil viele blieben ja nicht übrig. Außer mir blieben ja nicht mehr viele.

*

Die letzten Tage in New York verbringen Nicolas und ich im Bett, oft den ganzen Tag, abends dann gehen wir etwas essen und fangen an zu trinken. Meistens in dem kleinen Italiener in Williamsburg, wo der Garten überwachsen ist und man auf grünen Gartenmöbeln sitzt. Dort trinken wir Wein, und davor eine Flasche Champagner (Konto minus 3000 Euro).

Nicolas wurde von seiner Frau verlassen wegen der Drogen. Er braucht halt auch nur jemanden, weiß ich. Und der bin eben jetzt ich.

Oft gehen wir mit dem Weihnachtsmann aus, oft mit anderen. Wir bleiben aber immer zusammen, halten uns den ganzen Abend an den Händen. Und wenn ich kurz weg bin, etwas zu trinken holen, höre ich Nicolas schon sagen:

»Where did Marie go?«

Jeden Abend gibt es Kokain. Es gehört dazu, wie Zigaretten rauchen. Aber wenn ich vor dem Einschlafen die Augen zumache und versuche, nach Paris zu kommen, bleibt die Bar immer leer, Catherine ist verschwunden – wen wundert's. Vielleicht ist sie an dem Abend nicht mehr ausgegangen oder gleich mit dem Kamera-Assistenten mit aufs Zimmer. Nein, der könnte sich ja gar kein Zimmer in dem Hotel, in dem Catherine wahrscheinlich nie war, leisten. Also, entweder Catherine ist nach der Premiere nach Hause gegangen oder mit Philippe, dem Kamera-Assistenten, in dessen Dachwohnung am Montmartre. Vielleicht ist damals einfach gar nichts passiert zwischen Catherine und meinem Großvater. Nur zwischen ihm und der Frau von seinem besten Freund. Nicolas' Vater Aaron jedenfalls hat sich um Gertrud gekümmert, all die Jahre, in denen sie krank war. Und irgendwann hat er den Laden schließen müssen, weil sich keiner mehr um ihn gekümmert hat. Nicolas hätte sich gerne gekümmert, aber er war zu klein. Gertrud wurde gesund, aber Aaron von Tag zu Tag immer kleiner und stiller. Gertrud saß morgens meistens schon am Fenster, wenn Aaron aufstand, um Frühstück zu machen. Sie saß im Sessel, ganz gerade, ein Bein angewinkelt, und sah aus dem Fenster. Wie ein junges Mädchen, dachte Aaron jedes Mal, wenn er sie so sah, wie früher, als er sie kennengelernt hat. Da hatte er es ja eigentlich auch schon gewusst. Gertrud saß also am Fenster, während Aaron Tee aufsetzte und Brot für Nicolas in den Toaster steckte. Er wusste, an wen sie dachte.

*

»Deine Frau kann uns mal«, rufe ich Nicolas rüber, als wir auf einer Party bei einem Bekannten von einem Freund von Nicolas im glänzenden Badezimmer liegen. Die Fliesen sind so sauber, dass wir uns spiegeln. Nicolas sitzt auf dem Badewannenrand und legt den Kopf in den Nacken. Seine Frau hat Stress gemacht wegen Geld und allem. »Scheiß doch drauf«, sage ich und denke, Lisa wäre stolz auf mich. Aber auch die sitzt nicht in der Küche in den letzten Tagen. Scheiß drauf, auch egal. Was die denkt, ist vielleicht nicht mehr so wichtig. Wird ja auch Zeit nach zwanzig Jahren, dass ich mal etwas selbst entscheide. Ich setze mich zu Nicolas auf den Badewannenrand.

Hotel leer, Küche leer.

Fuck it. Nicolas küsst mich.

*

Ich will am letzten Tag noch einmal zu Gertrud zurück und sage Nicolas nichts davon. Es ist früher Abend, und wir, er und ich, haben den Tag in der Wohnung verbracht, waren wieder erst im Morgengrauen nach Hause gekommen.

»Du kannst bei mir bleiben«, sagt er, als wir uns auf seine Feuerleiter setzen. »Wenn du willst.«

»But I can not promise you anything.«

Ich verstehe ihn nicht und frage, was er mir denn versprechen könnte, und er sagt:

»Marriage and children and stuff.«

»And stuff«, wiederhole ich, und Nicolas bleibt ganz ernst.

»My wife and I, we might get back together«, sagt er. Und auch wenn nicht, sagt er noch, braucht er jetzt erst mal Zeit für sich.

»But you can stay, I like it when you are here.«

Ich sehe ihn mir an, seine Augen, Knopfaugen, dunkel und tief, fast wie zwei Einschusslöcher, seine blassen Finger, überhaupt die weiße Haut. Wie eine Leinwand, denke ich, zum Draufmalen.

Ich will aufstehen, spüre Schwindel im ganzen Körper, stoße mich an einer rostigen Stahlstrebe, und da geht es los: Ich lache, kichere erst, dann werde ich immer lauter. Nicolas versteht mich nicht, guckt nur. Ich stelle mir vor, wie ich ihn die fünf Stockwerke auf die Berry Street hinunterschubse. Ich kann gar nicht aufhören zu lachen.

»What is wrong with you?«, fragt mich Nicolas, und mir kommen schon die Tränen vor Lachen, so wie damals im Park mit Jakob. Ich fühle, wie meine Schläfen klopfen. Ich bekomme kaum noch Luft und wische mir über die Wangen.

Ich denke an Lisa, die jetzt, wo es Frühling wird, bestimmt durch den Englischen Garten läuft und die Penner am Kiosk filmt und sich mit ihnen eine Bratwurst teilt. Oder nach dem einen sucht, der sich im Sommer immer ein kleines Loch in die Wiese gräbt, um seinen Schwanz reinzustecken, und so den ganzen Tag das warme Erdreich um sich hat. Den sucht sie, weil ihr keiner glaubt, dass es den gibt. Alle halten die Geschichte für einen Mythos, denn die gibt es ja, diese Geschichten in jeder großen Stadt.

Jedenfalls denke ich an Lisa, wie sie gerade an der Bude steht und Cola zu ihrer riesigen Bratwurst trinkt, dünn wie eine Gerte am Plastikstehtisch. Und sie dreht sich um zu mir, leckt sich den Senf vom Handrücken und zwinkert.

»Ich weiß schon, was du meinst«, sagt sie und säubert mit dem kleinen Finger ihre Zahnlücke, schnell und anmutig, selbst das.

»Manchmal geht halt alles schief, und das ist dann auch gut so.«

Ich spüre den Alkohol der letzten Tage deutlich, mein Nacken schmerzt, als ich endlich auf Gertruds Stockwerk ankomme. Ich muss mich verabschieden, das weiß ich, seit Nicolas das gesagt hat auf dem Balkon. Und seit Lisa sich in meinem Kopf gemeldet hat.

»No«, habe ich zu Nicolas gesagt, Fluch hin oder her, »no thank you. I don't think I want to stay.«

Gertrud hat sich ausgehfein gemacht, und ich bin überrascht. Dachte ich doch irgendwie, dass sie ihr Haus nie verlässt und mit dem Sofa verwachsen ist. Ich habe mich deshalb auch nicht angekündigt und schäme mich dafür. Und auch dafür, dass ich so oft mit ihrem Sohn geschlafen habe in den letzten zwei Wochen.

Sie wolle einen Spaziergang machen, sagt sie. Und vielleicht auf ein Sandwich gehen bei *Nico's* am Eck.

»You can come with me«, sagt sie und hakt sich bei mir ein.

Im Viertel ist viel los, die schwarzen Kutten mit den Löckchen sind geschäftig, eine Straße weiter sind die Mexikaner laut, der Zug donnert über uns hinweg, und Gertrud freut sich, auf der Straße zu stehen, sie atmet tief ein, als wäre sie lange nicht draußen gewesen.

»Sometimes, I feel it has not changed a bit. But maybe that is just because I don't want to know how old I really am.«

Wir laufen ein paar Blocks, und Gertrud ist gut zu Fuß, fast schneller als ich. Sie schmiegt sich in den Fluss der Leute wie ein Wassertropfen. Alle weichen ihr elegant aus, die Ampeln schalten auf Grün, wenn wir uns der Kreuzung nähern. Wir drehen auch eine kleine Runde durch den Park, und als ein Penner ihr schrill »Motherfucker« entgegenbrüllt, lächelt sie verzückt. »I love this town!«

Wenig später sitzen wir bei *Nico's* an der Ecke. Gertrud hat sich einen Eisbecher bestellt, einen großen mit fünf Kugeln und Streuseln. Ich trinke Kaffee, und draußen verdunkelt sich der Himmel.

»I am going back to Germany«, sage ich.

»Already?«, fragt sie, hört sich dabei aber nicht überrascht an.

Ich nicke und bedanke mich dafür, dass sie mir die Fotos gezeigt hat, und für das vietnamesische Essen und alles, und sie leckt den langen Eislöffel ab.

»Well«, sagt sie. »Was it worth it? Your trip?«

Ich sehe durch das Fenster hinaus auf die Straße. Die Straße, der Bürgersteig, voll, Regenwolken über dem Meer. Auf der anderen Seite die Männer, wie immer auf den Stühlen vor den Geschäften, auf einem wackeligen Hocker zwischen sich das Dominospiel. Er könnte einer von ihnen sein, denke ich, mein Großvater. An seinem Zigarillo zieht er und hebt die schrumpelige Hand. Leider hatte sie Recht, denke ich, meine Urgroßmutter. Ein Betrüger. Sein bester Freund und dessen Frau, die jetzt das Erdbeereis aus dem Glas kratzt. Ein Verbrecher! Wer weiß, wo er den ganzen Schmuck immer herhatte, um ihn meiner Großmutter Hanne zu schenken. Oder Gertrud. Oder irgendwelchen Frauen auf der ganzen Welt.

»You know about Paris?«, frage ich Gertrud, und da grinst sie wieder.

»Not really, dear.«

Am kleinen Spieltischchen gegenüber zählt mein Großvater die Schulden ab, ein paar knittrige Dollar aus der Hosentasche.

Gibt's da was zu holen?

Gertrud folgt meinem Blick über den hügeligen Asphalt. Dann klimpert sie zweimal mit ihren wässrigen Augen und legt den Löffel auf dem Unterteller ab.

»You see ghosts?«

*

Gertrud und mein Großvater gingen in ein chinesisches Restaurant. In dem holzvertäfelten Raum war es noch heißer als draußen zwischen den dampfenden Häusern. Gertrud fand es aufregend dort. Sie waren die einzigen Nicht-Chinesen in dem kleinen Laden, und im Schaufenster hingen Hühner an den Füßen. Man konnte sich kaum unterhalten, ständig ging die Tür auf und zu, und die Leute um sie herum wechselten. Benjamin erzählte, bewegte dabei seine Hand sanft durch die Luft, und Gertrud war begeistert. Sie fand ihn toll, das hatte sie schon gemerkt, als er sie nach dem Abend in der Jazzbar zum Taxi begleitet hatte. Sie waren seit jenem Abend nicht das erste Mal zusammen, auch die Woche zuvor hatten sie sich auf einen Kaffee im Park getroffen.

Nach dem Essen liefen sie durch die engen Straßen, es

war so schwül, dass Gertrud sich mit der Handtasche Luft zuwedelte, was gar nichts brachte, aber gut aussah. Benjamin hatte von Deutschland erzählt und von seiner Frau Hanne, der schönen Sängerin, und deren Mutter, dem Teufel, lachend, und von den Nazis und den Amerikanern.

»No big difference. With business, I mean.«

Jede Geschichte hatte einen ähnlichen Klang, die Stimme hob und senkte sich regelmäßig, Gertrud lauschte und lauschte.

*

Gertruds Eis ist gegessen, mein Kaffee leer, ich habe Hunger und beobachte die Männer durch die kleine Durchreiche zur Küche.

»We spent the night at my place and I woke up early in the morning. Your grandfather stood by the window and he had both hands on the glass. Like this.«

Gertrud hebt die Arme und legt sie an die Scheibe über den großen Schriftzug.

»He looked down to the street. No, he stared just like you«, sagte Gertrud. »And I knew that he could see her everywhere.« Sie nimmt die Hände wieder weg, die Abdrücke ihrer Finger verschwinden in Sekunden.

»He left her but she never left him.«

Die Liebe seines Lebens. Meine Großmutter.

Vielleicht hat Gertrud deshalb Aaron genommen, denke ich. Nicht die dümmste Entscheidung, und in dem Moment kommt der Kellner zu uns, und Gertrud bestellt sich einen Cognac.

»Für mich etwas zu essen«, sage ich und will ein Sandwich. »Mit Pastrami«, sage ich noch, als es draußen anfängt zu regnen. Ein leichter, staubiger Regen, der nach und nach den Boden verdunkelt und alle Leute von der Straße vertreibt. Auch die Backgammonspieler und meinen Großvater.

13

Es hat geregnet. Hinter den holzgerahmten Glastüren sehe ich im dunkelgrünen Patio schwere Tropfen von den Bäumen fallen. Große Blätter überspannen den Innenhof, satt und grün vom französischen Frühling. Auf dem Boden, auf den vom Tag aufgeheizten Steinen, haben sich Pfützen gebildet, Besen und Harke stehen in einer Ecke, daneben ein steinerner Frosch, unter dem der Ersatzschlüssel liegt. Alles ist aufgeweicht vom Regen, ich kann die dampfige Luft riechen, den Wind, der die Hänge abkühlt.

Wir sitzen auf den hart geflochtenen Stühlen im Wohnzimmer. Die Stühle sind alt und grob, zum Splitter in die Unterarme holen. Ich würde gerne Musik machen, aber das wäre zu viel für meine Mutter, das weiß ich. Ein Soundtrack, so wie früher, das kann sie nicht mehr, jetzt hat sie es gern still.

Seit sie aufgehört hat zu rauchen, isst sie Schokolade. Sie knackt die dünnen Stücke langsam von der Tafel ab und hält sie zwischen die Lippen. Während sie das macht, rauche ich, natürlich, und beide trinken wir Rotwein. Zwischendurch auch Kaffee, dann wieder Wein. Sooft der Wein weggetragen wird, sooft wird er auch wieder geholt.

Unten, auf dem Meer, vor dem Berg, fahren Schiffe, vereinzelt, wie Spiegelungen der wenigen Sterne am Abendhimmel.

»So, die Damen«, sagt Elmar und schiebt den Stuhl zurück.

»Was machst du?«

»Was soll ich machen? Ich gehe mit dem Hund.«

Meine Mutter und er sehen sich nicht an. Dann ruft Elmar den Hund, leise, mit einer hohen Stimme, die er sonst nicht hat, und huscht aus dem Zimmer. Klack, klack, der Hund, kratz, kratz, Elmars Schuhe auf dem gefliesten Boden.

Meine Mutter und ich sind zum ersten Mal allein.

»Wildschweine gibt es hier«, sagt sie wie eine Attraktion und gibt ihrer Stimme einen festen, fröhlichen Ton. Sie sagt es, damit ich, statt mit ihr zu reden, rausrenne und Wildschweine anschauen gehe, vielleicht.

»Geh doch mit«, sagt sie, als Elmar im Flur seine Jacke vom Haken nimmt. Dass sie nicht bereit ist, mit mir allein zu sein, und ich lieber weg soll, raus über den Hügel, mit Elmar, das ist wohl klar. So schnell geht es also nicht, denke ich und sehe, wie sie im Kaffee rührt und versucht, mich frisch anzusehen. Marie, Wildschweine, ist doch super, was könnte wichtiger sein? Sonst haben wir doch nichts zu besprechen, so könnten wir heute Abend wenigstens über Wildschweine reden, das ist doch gut. Also gehe ich mit.

Elmar und ich laufen bis ganz oben auf den Berg. Es ist kühl, wenn die Sonne nicht scheint, aber heiß wie im Sommer, wenn doch. Elmar klopft mit einem Stock gegen seinen Oberschenkel, um den Hund zu locken. Der Wind kommt in kraftvollen und kurzen Böen, und die knotigen, dichten Bäume, nicht viel höher als Elmar, rauschen auf. Wir laufen den steinigen Weg hinunter in die Bucht, in den Ort.

»Vor ein paar Jahren hat es hier gebrannt, der ganze Hügel.«

Elmar erzählt und bleibt stehen, holt das Tabaktütchen hervor.

»War alles weg.«

Beim letzten Wort fährt er mit der Hand schnell durch die Luft. Er trägt ausgebeulte braune Hosen und Schuhe, nicht die richtigen für lehmige Wege wie diese. Er trägt dieselben wie früher in München in der Straßenbahn. Ich erinnere mich, wie wir einmal neben den Fahrkartenautomaten das Gleichgewicht verloren haben. Wir lachten über die Leute, die Schlechtgelaunten, über die. Und wir malten uns aus, während wir durch die verpennte Stadt wackelten, meine Mutter lieber zu Hause geblieben war, wie wir auf unserem Balkon Sauerkraut anpflanzen könnten oder irgendein exotisches Gemüse und damit reich werden könnten. Elmar hustete und gluckste und musste sich festhalten. An dem Abend gingen wir Schweinebraten essen, nur wir zwei an einem Feiertag, fast allein saßen wir in der großen Bierhalle. Daran denke ich jetzt, als ich seine Schuhe sehe.

Lederne Schnürschuhe. Er hat die Ärmel hochgekrempelt, leckt das Zigarettenpapierchen an, und ich kann verstehen, was meine Mutter an ihm findet, falls sie es noch sieht.

»Wie nackte Haut war das alles«, sagt er, »und das ganze Unterholz war weggebrannt, die Bäume wie Streichhölzer.«

Dann hustet er so stark, dass ich den Qualm des Feuers gleich fühlen kann. Das Zippo klickt, und wir gehen weiter. Ich laufe einige Schritte hinter ihm, einige Meter vor ihm läuft der Hund und bleibt immer wieder stehen, dreht sich um, hechelt wach und springt dann weiter voraus. Ich muss aufpassen, wohin ich trete, kann den Blick selten vom Boden nehmen. Das Meer ist glatt wie ein Tuch und grau wie der Himmel, und ich fröstle.

Der kleine Ort, im Hochsommer bestimmt voller Straßenbuden, ist leer, die Neonschriftzüge sind ausgeschaltet. Elmars und meine Schritte klatschen in den Gassen, sind holprig, Kopfsteinpflaster führt uns bergab, vorbei an Steinfassaden, Geranien, Lavendel.

Es ist Mittagspause, überall, deshalb noch stiller alles.

»Keine Saison«, hat meine Mutter gesagt, als sie mich vom kleinen Bahnhof abgeholt hat, vorgestern, vom Nachmittagszug aus Nizza. Ich habe sie angesehen und mich gewundert, dass sie es irgendwo aushält, wo auch mal keine Saison ist, also keine Nachbarn, also abends keine Lichter auf dem Hügel, außer das von ihrem Haus.

Was weiß ich von Elmar?, denke ich, als ich seine Schultern sehe, von hinten, und seine schlackernden Arme, windschief sein Gang. Heute ist Stille, genau wie damals im eisigen Auto. So wie auch an dem Tag, als ich meine Sachen zu meinem Vater brachte. Elmar war in der Küche gewesen, Papiere vor sich, offizielle Sachen wegen des Umzugs und der Klinik. Er hatte den Kopf auf den Daumen gestützt. Mein Vater im sauberen Hemd, die Ärmel hochgekrempelt, trug meinen Schreibtischstuhl.

»Ist das alles?«

Ich stand in der Küchentür, Elmar drehte sich zu uns um. Er hatte nichts zu sagen, er lächelte nur.

»Ja, das ist alles.«

Plötzlich, hier in dem kleinen französischen Ort, glaube ich zu wissen, warum Elmar und ich nicht reden. Zwischen uns gibt es gar nichts Geheimes, im Gegenteil. Ich denke auf einmal, dass uns zu viel verbindet, als dass wir es noch benennen müssten. Wir beide kämpfen gegen dieselben Geister, die wir nicht kennen. Meine Lippen bewegen sich, als ich das im Kopf wiederhole. Elmar bleibt stehen, bückt sich nach dem Hund und murmelt auf ihn ein, die Zigarette hat er zwischen den Lippen. Er kneift wegen des aufsteigenden Rauchs die Augen zusammen und untersucht das Gesicht des Hundes. Er macht das so liebevoll, dass ich stehen bleibe und hoffe, dass er vergessen hat, dass ich da bin. Ich glaube, ich störe ihr Ritual und ihre Zweisamkeit. Elmar wischt getrocknete Tränen und Dreck aus dem feinen Fell, dann lässt er den Kopf des Tieres los.

Braunschweig, da war sie bei ihm gewesen. Nicht in Amerika, sondern bei Elmar in Braunschweig.

»Alles gut«, sagt er, und der Hund läuft weiter.

Er kämpft immer noch, denke ich. Elmar kämpft noch, und wie ich das so sehe, wie er noch kämpft, jeden Tag, bergauf, bergab, glaube ich, dass mein Kampf zu Ende ist. Dass ich dieses Schlachtfeld vielleicht verlassen habe.

»Wie war es in New York?«, fragt meine Mutter mich, abends, als Elmar im Bett ist. Aber das erste Wort vernuschelt sie, so dass ich es nicht richtig verstehe und es sich anhört wie: War es in New York?

Aber das passt ja auch. Sie hält die Luft an. Sie musste das wohl sagen, doch ich glaube, eine Antwort will sie nicht. Also frage ich zurück.

»Warst du mal da?«

Sie schüttelt den Kopf und dreht sich um, blickt in den Innenhof, in dem man nichts mehr sehen kann, weil die Dunkelheit den Hügel heruntergekommen ist.

»Ich war nie in Amerika«, sagt sie.

Das weiß ich doch, denke ich, das weiß ich, weil ich Elmar gefragt habe, irgendwann. Nie in Amerika, nie im Dschungel und nie in Paris; nicht einmal in der DDR, obwohl meine Lateinlehrerin so fest davon ausgegangen war.

»Wolltest du gerne hin?«, frage ich.

Sie zuckt mit den Schultern. Dann steht sie auf, der Stuhl schabt über den Boden, und schließt die großen Fenster zum Hof. Die Metallschienen schreien kurz auf, die Türen sind alt, schließen nicht gut.

»Das geht nur mit Gewalt«, sagt meine Mutter, als ob ich das hätte wissen wollen.

Dann kommt sie zurück, bleibt aber kurz neben dem Stuhl stehen, als wisse sie nicht, ob sie sich wieder setzen solle oder lieber den Abend beenden. Elmar hustet im Nebenzimmer, zweimal. Meine Mutter sieht rüber zum Flur.

»Er schnarcht. Ich kann kaum schlafen«, sagt sie. »Und er hustet nachts, er wacht gar nicht auf davon, ich schon.«

Ich denke daran, wie sie versucht hat, die Stehlampe in der Papiertonne zu versenken; daran, wie sie sich neben mir im Auto mit einem Kajal ums Auge malt und dabei ihr Lid zur Seite zieht. Und ich denke daran, wie sie aus dem Fenster sieht über den Wald hinweg zu den Bergen und kurz mal die Augen zumacht, als wäre sie nicht da.

»Wie war's denn mit deinem Jakob?«

»Das war nix«, sage ich, und sie lacht trocken. Mehr will sie davon nicht wissen, das hätte mich auch gewundert.

»Ich habe Freunde von ihm getroffen«, sage ich. »Also, *eine* Freundin, Gertrud, kennst du die?«

Meine Mutter schüttelt den Kopf.

»Die hatten mal was«, sage ich. »Gertrud war Aarons Frau, aber sie hatte trotzdem auch was mit Benjamin.«

»Mein Vater hatte mit allen etwas am Laufen«, sagt meine Mutter, »das wundert mich nicht.«

Knack, wieder ein Stückchen Schokolade.

»Warst du bei der Bank?«

Ich nicke und zeige auf das Kuvert, das ich ihr zwei Tage zuvor auf die Küchenanrichte gelegt habe. Sie hat es nicht angerührt, nur beobachtet und einen Bogen darum gemacht. Sie ist wie ich, ich wie sie, verdammt.

»Gab's da was zu holen?«

Jetzt schaut sie mich an, mit ihren großen Augen, in denen es immer blitzt und funkelt, als wäre das Gewitter ganz tief in ihrem Kopf noch nicht vorbei.

Ich überlege, wofür sie etwas brauchen könnte. Das Haus hier am Hügel ist frisch renoviert, Elmar hat jede schimmelige Tür abgeschliffen und gestrichen, das moosige Dach gedeckt und die Rohre, die unter den Steinplatten des Patios verlaufen, ausgetauscht.

»Damit sich die Scheiße nicht staut, das riecht man sofort«, hatte meine Mutter gesagt, als ich das erste Mal hereinkam.

Ich sehe mich langsam im Zimmer um: ein großer, offener Raum mit Blick aufs Meer, ein Tisch, ein paar Stühle, ein Sessel, in dem wahrscheinlich nur Elmar sitzt. Sie haben nicht viele Möbel, da ist meine Mutter sicher froh: keine Feinde mehr. Da hat sie doch jetzt alles, denke ich und lege den Kopf schief.

»Viertausend Euro«, sage ich, und sofort hebt sie die Augenbrauen.

»Dann doch?«

Ich nicke, sie flüstert: »Das Schlitzohr.«

Richtig böse klingt es nicht, nur müde.

*

Dass mit den viertausend Euro wusste ich von Lisa. Wir hatten telefoniert, als ich in New York am Flughafen stand. Mein Flug war schon aufgerufen, und ich erzählte ihr, dass ich nach Paris fliegen würde, nicht zurück nach München, sondern weiter nach Nizza, um meine Mutter zu sehen. Der Hausmeister hatte noch einen Brief gefunden, eine Art Testament, deswegen hatte er auch noch einmal angerufen, aber zu Hause nur Lisa erreicht. In dem Brief stand, dass das Geld auf dem Konto in New York für meine Mutter sein sollte. Lisa sagte, der Hausmeister habe behauptet, mehr stünde da nicht in dem Brief, aber das hatte sie ihm nicht geglaubt.

»Der war vielleicht sauer, dass er nichts abgekriegt hat«, sagte sie.

Ich hörte, wie sie Teller in die Spüle räumte. Lisa hatte dem Hausmeister gleich gesagt, sie glaube ihm nicht, dass das alles sei, was da in dem Brief stünde. Und der sagte dann, Lisa sei eindeutig ein Nazi und würde ihm etwas unterstellen wollen. Lisa fand, er solle sich schämen. Und er antwortete, er wüsste nicht, für was, und Lisa sagte, dass sie glaube, er wisse das schon ganz genau. Das ging wohl eine Weile so weiter, bis der Hausmeister anfing zu schluchzen und zugab, etwas eingesteckt zu haben, aber nur die Wertpapiere der Venezolanischen Bank, weil die in Deutschland doch nichts wert seien, er aber könne ein halbes Jahr davon leben. Dann erzählte er Lisa von seiner Frau, die nicht schwanger wurde, und dass ihnen bei einer Séance ein Geist gesagt habe, ihr Hochzeitsdatum sei verflucht, weshalb sie noch einmal heiraten müssten, der Venezolanische Hausmeister und seine Frau. Während Lisa das erzählte, spülte sie Teller ab, dann atmete sie erschöpft aus und setzte sich an den Küchentisch. Das Feuerzeug knirschte, Lisa nahm einen Zug und meinte: »Lange Rede, kurzer Sinn, ich habe ihm gesagt, er kann die Wertpapiere behalten, wenn's hilft und die Alte schwanger wird, dann hat es doch was Gutes.«

Sie fragte gar nicht, sie sagte es einfach. Weil es wahrscheinlich die beste Lösung war und weil ich sie dafür ja auch habe, die Lisa, für solche Momente.

»Vielleicht kann meine Mutter das Geld brauchen«, sagte ich, und Lisa antwortete: »Ja, vielleicht.« Und dann noch: »Finde ich gut, dass du zu ihr fährst.«

Wir legten auf, ich musste ins Flugzeug, aber vorher sagte sie noch, ich solle heimkommen, bald.

*

»Sonst nichts?«

Meine Mutter zieht ein Bein hoch auf den Stuhl.

»Schmuck gibt's noch«, sage ich. »Gertrud hat noch Schmuck von ihm und eine Uhr, aber das habe ich ihr gelassen. Oder wolltest du das?«

Meine Mutter zuckt mit den Schultern, ich werde ein bisschen sauer. Sie hat nie Schmuck getragen, nicht mal Kleider oder Röcke.

»Wie du aussiehst«, hat meine Urgroßmutter mit den Sahnelocken immer zu ihr gesagt, wenn wir zu ihr kamen.

Meine Mutter in Jeans und kurzärmeliger Bluse, und darüber die Lederjacke und die Haare eben in alle Richtungen, so wie jetzt auch, das hat sich nicht verändert.

»Na ja«, hat meine Urgroßmutter geseufzt und dann kurz

hochgesehen zu dem Bild ihrer Tochter Hanne, in das feine Gesicht, in die strahlenden blauen Augen, das schien sie irgendwie zu beruhigen.

Einmal kaufte meine Mutter ein Kleid, ein langes, mit vielen Blumen und kleinen milchfarbenen Knöpfen. Sie schmuggelte es in der eckigen Tüte rein und zog es heimlich an. Wir wollten in die kleine Pizzeria, weil Zeugnistag war, und mein Vater und ich hatten gewartet. Irgendwann kam sie aus dem Zimmer und tat so, als wäre es ganz normal, dass sie ein Kleid trug. Mein Vater sah sie an, im Flur, als wäre es die erste Verabredung, und sagte:

»So schön bist du, unfassbar.«

Dann ging meine Mutter zurück in ihr Zimmer und zog sich um, wieder die Jeans und ein T-Shirt mit kurzen Ärmeln, so dass man ihre Tätowierung auf dem Oberarm sehen konnte. Mein Vater hat sie bestimmt genauso gern gehabt, genauso wie Elmar sie gern hat. Auch wenn sie immer alles dafür tut, dass man sie nur loswerden will.

Meine Mutter schüttelt langsam den Kopf, sie will den Schmuck also nicht, und ich finde, es ist ein Anfang. Es gibt kein Zurück mehr, denke ich. Wer jahrelang Janis Joplin aufgelegt hat, so laut, dass man das Telefon nicht mehr hören konnte und das Klingeln der Nachbarn auch nicht, der darf sich jetzt nicht wundern, wenn irgendwann doch noch jemand zu ihr durchkommt.

*

Ich war neun und hatte ihrem Chefredakteur schon zweimal am Telefon gesagt, dass meine Mutter krank ist. Sie lag eingerollt im Bett, und aus den schwarzen Boxen dröhnte ein Lied.

»Schreib du es fertig«, sagte sie, als ich im Türrahmen stand. »Denk dir einfach was aus und schreib es fertig.«

Sie zeigte auf die Schreibmaschine. Ich setzte mich hin und sagte: »Da geht's aber doch um irgendwas in Amerika.«

Und sie sagte: »Das weiß ich, denk dir was aus, verdammt noch mal.«

Sie schloss die Augen, legte ihren Arm über die Stirn. Und ich sagte, dass ich leider überhaupt keine Ahnung hätte, was ich da schreiben sollte.

»Ich war doch noch nie an der Ostsee«, sagte ich. Meine Mutter rührte sich nicht, meine Stimme war gegen Janis Joplin nicht angekommen, also sagte ich es noch einmal, ganz laut. »Ich habe doch keine Ahnung!« Und da setzte sich meine Mutter auf und schrie: »Ich doch auch nicht! Wie denkst du denn, wie das läuft?«

Dann stand sie doch auf, drängte mich vom Stuhl, zündete sich eine Zigarette an und fing an zu tippen, ganz flink plötzlich, und ihre Augen flitzten hin und her.

»Alle erzählen immer nur Geschichten, merk dir das. Nichts stimmt. Nichts im Fernsehen, nichts in der Zeitung, alle lügen den ganzen Tag, das macht die Sachen leichter, weißt du?«

Sie tippte immer noch, und ich konnte ihr gar nicht zuhören, so beeindruckt war ich, dass sie so schnell tippen konnte und dabei auch noch reden mit mir. Da klingelte das Telefon, sie ging ran und sah schnell zu mir.

»Das ist jetzt schlecht. Ich kann jetzt nicht reden.«

Geheimauftrag, kannte ich schon.

»Nein, hab ich gesagt. Jetzt nicht. (Pause) Nein. Das geht auch nicht.«

Ich blieb einfach stehen, das machte ich sonst eigentlich nicht, aber ich glaubte, es würde noch etwas Wichtiges kommen. Ihre Stimme wurde schärfer, sie drehte sich leicht weg von mir, und ich starrte ihre Schulter an.

»Dann mach das doch«, sagte sie. »Mach das doch, und lass mich in Ruhe!«

Sie legte auf, der Plastikhörer am schwarzen, gedrehten Kabel landete neben der Gabel. Meine Mutter wendete sich wieder zu mir.

»Wo war ich?«

»Alle lügen«, sagte ich.

»Genau.«

Sie lachte, zog von der Zigarette, blies den Rauch aus. Nicht wie mein Großvater, langsam und schwebend, sondern bei ihr war das wie ein Pfeil, der aus ihrem Mund kam, schräg nach oben. Dann öffnete sie den Mund, sagte aber erst nichts, sondern hob den Zeigefinger.

»Das ist die beste Stelle. Hör zu …«

Ich hatte keine Ahnung, was sie meinte, denn Englisch konnte ich noch nicht. Sie sang kurz mit, zwei Zeilen. Es war das erste und einzige Mal, dass ich sie singen hörte. Auch an meinem Geburtstag sang nur mein Vater; und an Weihnachten sagte sie immer, das sei unser Ding, was entweder meinen Vater und mich meinte oder alle Christen zusammen, so genau hatte ich das nie verstanden. Ein Männername kam in dem Lied vor, ich versuchte mit aller Kraft, mir etwas zu merken, damit ich den Song später, wenn sie nicht da war, anhören konnte. Lisa konnte schon ein bisschen Englisch, und ich wollte die CD heimlich zu ihr mitnehmen.

Meine Mutter lachte noch einmal, sah aber aus, als wollte sie weinen. Nun wollte ich doch gehen. Raus aus dem Zimmer, weg vom Rauch unter der kleinen Schreibtischlampe und dieser bösen Frau mit ihrer Krähenstimme.

»Warte«, sagte sie, zog mich zu sich und nahm meine Hand. »Glaub den Leuten nichts. Ja?«

Sie machte eine Pause. Ich wusste, jetzt würde das kommen, was sie wirklich sagen wollte. Endlich die Weisheit meiner Mutter.

»Alle Männer sind Schweine, alle Frauen auch, man schaut halt, was passiert, merk dir das. Wie das im Film ist, so ist es nicht.«

Draußen ging die Straßenbeleuchtung an.

»Papa auch?«

Sie sah mich an und drückte die Zigarette aus.

»Nein, dein Vater nicht.« Dann, leise: »Das ist ja der Scheiß.«

*

»Warum bist du nie gefahren? Nach Amerika, meine ich.«

Jetzt sieht sie mich an, ganz klein ist sie auf ihrem Stuhl, sie sieht genauso aus wie mein Großvater, zerbrechlich und stachelig irgendwie. Wie ein Stück Draht.

»Das ist nicht so einfach«, sagt sie und angelt sich die Weinflasche, wie auf's Stichwort.

»Was ist nicht so einfach?«

Sie schenkt uns ein, trinkt, lässt sich Zeit, das kenne ich, das mache ich auch: Vielleicht hat der, der was gefragt hat, ja das Interesse verloren, wenn man lange genug wartet. Um sie herum ist es ganz dunkel geworden, nur aus dem Flur zum Schlafzimmer kommt Licht.

»Es gibt keinen Grund, Marie. Die Dinge passieren einfach, und dann können andere Dinge nicht mehr passieren. Das Leben trifft die Entscheidungen für einen, manchmal.«

»Was passiert?«, frage ich sie. »Zum Beispiel?«

Sie stöhnt.

»Dinge«, sagt sie. »Männer, Jobs. Kinder. Du, Marie, du bist auch passiert.«

Ich nicke. Kein Grund also. Das habe ich auch nicht erwartet. Gibt eben nicht für alles einen Grund. Muss ja auch nicht.

»Ich gehe ins Bett«, sagt sie und steht auf.

Ich sehe ihr nach, wie sie durch das Wohnzimmer huscht, wie ein kleiner Geist. Sie macht kurze, schnelle Schritte, vielleicht, weil der Boden so kalt ist. Sie verschwindet im Schlafzimmer, dann ist es still. Meine Mutter macht kein Geräusch, fast ist es, als wäre sie mir gerade gar nicht gegenübergesessen.

14

Der Strand ist noch leer, der fehlenden Saison wegen, und das Meer dunkelblau und eisig. Ich habe Gänsehaut vom ablandigen Wind und beobachte tapfer die zitternden Wellen. Meine Mutter hat sich schon am frühen Morgen in Gummistiefeln aus dem Haus geschlichen und ist in den nächsten Ort gefahren, um etwas zu besorgen. Elmar und der Hund, ebenso überrascht von dem warmen, goldenen Tag, schlafen wie einst Lisa und ich in den sonnigen Stellen im Wohnzimmer und auf der Terrasse. Ich werde abends den Zug zurück nach München nehmen, den Nachtzug über Genua und den Brenner. Ich habe meiner Mutter die Notizbücher dagelassen, die Gertrud von meinem Großvater hatte. Heimlich habe ich sie in ihren hässlichen Glasschrank gelegt, in dem sie lieblos Fotos in Schuhschachteln sammelt. Ich habe die Notizbücher schon durchgelesen. Er hat Reisedaten notiert, Plätze, Geschäfte, Telefonnummern von Geschäftspartnern, Adressen, Abflüge. Er hat auch gute Bars und Restaurants beschrieben, in denen er gewesen ist. Und hier und da finden sich Einträge in krakeliger Schrift, unleserlicher als ich das von ihm erwartet hätte. Dort schreibt er über Leute, denen er begegnet ist – in kurzen Sätzen. Mit wenigen Worten hat er einen Eindruck vermerkt, doch die Geschichten brechen unvermittelt ab. Immer endet eine Beschreibung mitten im Satz und klingt dadurch wie eine Frage. Über Catherine steht nichts drin.

Tut mir leid, meine Liebe, über dich hat er nichts geschrieben. Aber über das Hotel in Paris, und darüber, welche Vorspeise mit welchem Wein zu bestellen ist. Im Aufzug soll es passiert sein, das mit Catherine und meinem Großvater, denke ich, während eine Welle über die Mole fegt und ich die feinen Tropfen bis zu mir spüren kann. In immer weitere Ferne ist das ganze Hotel in Paris in meiner Vorstellung gerückt. Die Hoteltüren sind geschlossen, die Flure leer, und die Bar riecht nur noch nach altem Bier, wie das eben so riecht am nächsten Morgen.

Dass mein Leben nicht so ablaufen wird wie ein Film, der in Paris in einem schönen Hotel spielt, hätte ich mir früher denken können, nicht erst heute, hier am Strand. Bevor ich hierherkam, hatte ich meine Mutter das letzte Mal kurz nach meinem Abitur gesehen. Ich war achtzehn, es war Juli, meine Mutter und ich saßen im Garten bei einem Freund von Elmar, weil ich alle Prüfungen geschafft hatte und sie und Elmar aus Frankreich zu Besuch waren.

»Keine Drogen mehr, versprochen«, hatte sie zu meinem Vater am Telefon gesagt. Der war am großen Fenster in seinem Wohnzimmer gestanden, mit Blick auf den Olympiaturm, in der Hand das Handy, und hat gebrummt.

»Fanny«, sagte er. »Ach Fanny.« Dann, nach einer Weile:

»Natürlich, warum sollte das nicht gehen. Sie wird sich freuen.«

Also saßen wir im Garten, es gab keine Drogen, wie versprochen, aber kalten Weißwein, und meine Mutter hatte rosige Wangen. Sie freute sich, mich nach drei Jahren wiederzusehen und betrank sich wahrscheinlich deshalb. Schon bevor ich kam. Elmar hielt ihre Hand, während sie erzählte. Sie redete zwei Stunden von Frankreich, von den Bergen, dem Wein. Ein Weingut wollte sie kaufen und überhaupt. Manchmal wechselten Elmar und ich einen Blick, und Elmar sagte dann so etwas wie: »Das wird man alles sehen.«

Irgendwann gingen Elmar und sein Freund auf den Dachboden, um Bilder anzusehen, und meine Mutter sagte laut: »Ach!« Dabei guckte sie in die Bäume und in die anderen Gärten und Fenster.

Ich saß da, genau wie ich damals vor ihrem Schreibtisch gestanden hatte oder im Flur, als sie die Möbel verfluchte. Wie ein Fisch saß ich ihr gegenüber und wartete, dass es vorbeiging. Dann, endlich, sah sie mal zu mir.

»So schön wie jetzt bist du nie wieder. Weißt du das? Keiner ist so schön wie du. Lass dir nichts erzählen, alt werden ist einfach scheiße.«

Dann rief sie: »Elmar! Hat's noch von dem Wein?«

Als ein lanzenschnelles Motorboot an der Bucht vorbeirast, hoffe ich, dass sie das Geld für etwas Schönes ausgibt. Und ich stelle mir vor, wie ich unten im Hafen einen Millionär treffe. Einen jungen Millionär für mich und einen für Lisa, dann wäre das erst mal gelöst. Ich hoffe auch, dass meine Mutter reisen wird. Wenigstens zu einem der Orte, zu denen sie schon immer mal hinwollte, um eines von den Abenteuern zu erleben, die sie so sehr herbeigesehnt hat, dass sie es nicht ertrug, als nichts passierte.

Ach Catherine. Man muss irgendwann heim, oder?

»Es hilft nichts, die Party ist vorbei, das muss man auch einsehen«, hatte Lisa einmal zu mir gesagt, nachdem ich mich bei einem Freund ihres Bruders mit fünfzehn endlich hatte küssen lassen, dann aber in das Spülbecken kotzte.

»Komm«, hatte sie gesagt. »Man muss wissen, wenn's vorbei ist.«

15

Es ist fast so heiß wie an dem Tag, an dem ich den Schmuck geklaut habe. Ich sehe von weitem die Straße, an deren Ecke meine Mutter geparkt hätte, wäre sie dabei. Das Haus hat sich nicht verändert. Ein grauer Kasten in einer Straße voller grauer Kästen, und – glaubt man meiner Mutter – ein Amokläufer neben dem anderen. Ich bin mit der S-Bahn gefahren, habe beim Kiosk am leeren S-Bahnhof Zigaretten gekauft und unterwegs eine geraucht. Zum Laufen ist der Weg eigentlich zu weit, einmal durch den ganzen Ort, ein Stück durch den Wald, ein Stück an der Landstraße entlang, aber ich mache es trotzdem. Mir kommen Familien auf Fahrrädern entgegen, mit Helm, die Badesachen im Rucksack, vermute ich. Im Wald ein paar Jungs, ungefähr fünfzehn, die alle verstummen, als wir auf gleicher Höhe sind. Wer nicht von hier ist, sondern aus der Stadt, das sehen die sofort. Sonst hätten die mich ja schon einmal gesehen, vor dem Drogeriemarkt oder am Fußballplatz. Im Wald ist es kalt, ich habe Gänsehaut, als ich wieder in die Sonne trete. Der Maiwind, wie ein warmes Bad. Ich laufe das letzte Stück, nehme den Spazierweg hinter den Häusern am Waldrand entlang. Ich habe mir gar nicht genau überlegt, was ich mache, falls der seltsame Großcousin oder Großonkel nicht zu Hause ist. Ob ich dann nur einmal ums Haus schleiche und den ganzen Weg zurückgehe? Und ich weiß auch nicht, was ich mache, wenn er mich nicht hereinlässt.

Lisa hat ihre Brezel in den Kaffee getunkt heute früh und gesagt, der solle doch froh sein, er hätte ja sonst nur den Dackel.

Ich sehe ihn tatsächlich schon von weitem. Er trägt kurze Hosen und ein kurzärmeliges Hemd und einen Sonnenhut. Fast locker sieht es aus, als er sich auf seinem stoppeligen Rasen nach dem Schlauch bückt. Dann spannt er den Sonnenschirm über die glänzenden weißen Gartenmöbel und verteilt orangefarbene Sitzkissen auf den Stühlen. Ich bin am Zaun angekommen, und er sieht mich an.

»Grüß Gott«, sage ich. »Erkennst mich?«

»Ja«, sagt er, hängt die Finger in die Schnallen seiner Hose und guckt.

»Kann ich kurz reinkommen?«, frage ich. »Ich hätte ein Anliegen.«

Er zögert, starrt mich weiter an, als könnte ich auch eine Einbildung sein, was ich nicht abwegig finde. Ich in meinem Kleid auf der gierig grünen Wiese in dem hellen Licht. Der Wald hat mich ausgespuckt wie ein Trugbild. Aber ich verschwinde nicht. Ich lächle ganz lieb, und er zuckt mit den Schultern.

»Ja, gut, also.«

Ich gehe zwischen den Hecken durch am Haus vorbei in seinen Garten, und er erwartet mich, immer noch am selben Platz stehend, also bleibe auch ich stehen. Hier wird sich nicht hingesetzt und Limonade getrunken, hier wird rumgestanden. Ein ganz feiner Wind streicht durch die dunklen Tannen.

»Schön, der Garten«, sage ich.

Er sieht sich um.

»Vui Arbeit.«

So sieht es auch aus. Wie mit dem Lineal gezogen und mit der Nagelschere geschnitten. Aber einen Grill gibt's. Ich stelle mir vor, dass er ein paar Freunde hat, für die er gelegentlich eine Wurst brät. Helle Steinplatten führen zu einer Art Gartenhäuschen.

»Was ist da drin?«, frage ich.

»A Sauna.«

Da ist er stolz drauf, sein Gesicht erhellt sich, aber kein Lächeln.

»Ganz nei hob i de baut.«

Ich hoffe, dass er Freunde hat, mit denen es erst Grillfleisch und dann Sauna gibt. Aber ob es wirklich weniger einsam ist, wenn noch mehr Leute, die so sind wie er, mit ihm in der Sauna sitzen, das weiß ich nicht; vielleicht wäre es besser, wenn so jemand wie er allein bleibt. Lisa jedenfalls würde sich freuen, sie würde fragen, wann es die nächste Gartenparty gibt, und sich dann mit den Jungs aus dem Schützenverein in die Sauna setzen.

»Ja, hat sich verändert hier«, sage ich, und das ist tatsächlich so. Wahrscheinlich war das eine Befreiung für diesen Cousingroßonkel, wird mir schlagartig klar, als meine Urgroßmutter (seine Mutter? Seine Tante?) endlich gestorben ist. Er durfte aus dem Keller raus und das ganze muffige Haus für sich einnehmen. Und jetzt steht er hier in seinem Garten, und da gibt es gar nichts zu meckern, Hauptsache Tageslicht. Ich lächle ihn an, und da lächelt er tatsächlich ein bisschen zurück. Oder es zuckt nur sein Auge, weil es jetzt wirklich blendet und strahlt, die Wände der Häuser und der Himmel.

»Mein Großvater ist gestorben«, sage ich.

»Hob i g'hert.«

Wo könnte er das gehört haben?, denke ich. Vielleicht telefoniert er heimlich mit meiner Mutter. Aber warum sollten sie das tun? Doch der Gedanke, dass meine Mutter mit niemandem spricht, außer dem irren Großcousin oder Großonkel, lässt mich schmunzeln. Am Waldrand haben sie gemeinsam gespielt, hat meine Urgroßmutter gesagt, und dann sind sie immer in den Wald abgehauen und bis zum Essen fortgeblieben. Ich hoffe plötzlich, dass dieser Mann, der hier in seinem Garten grillt und Illustrierte liest und dann durch das kleine eckige Fenster aus seiner Sauna über die Berge schaut, meine Mutter im Wald mal geküsst hat, vor vierzig Jahren vielleicht.

»Ich wollte nur wissen«, sage ich und mache meine Stimme ganz weich, »ob es noch alte Sachen von meiner Großmutter Hanne gibt, du müsstest das ja noch alles haben, auf dem Speicher vielleicht, bei Almas Zeug. Er hat sich da was gewünscht«, lüge ich.

Er sagt erst mal nichts, blickt den Hang hinauf und schiebt die Unterlippe vor.

»Oiso, von der Oma hob i nix mehr da, des is ois in dem Heim bliem, hobs an die Schwestan verschenkt, woaßt.«

Damit meint er das Caritasheim, in dem meine Urgroßmutter Alma gestorben ist. Dort hatte sie ihre Sachen, die silbernen Löffelchen, ihre samtenen Fotoalben, ihren Schmuck und sämtliche Zeitungsausschnitte über meine Großmutter, ihre Tochter, das ganze Zeug, ebenso gestapelt und um sich gebaut wie früher in ihrem Wohnzimmer. Trotzdem hatte sie geschimpft, dass alle ihr etwas stehlen wollten. Und es wurden in den letzten zwei Jahren, in denen sie dort blass und knochig wie ein neugeborenes Vögelchen vor sich hinstarb, tatsächlich nach und nach weniger Sachen.

»Den Rest hob i im Kella.«

Wusste ich's doch. Er hat sein Gefängnis verlassen. Am liebsten würde ich ihm gratulieren. Denn es würde mich nicht wundern, wenn sie ihn nachts eingesperrt hat, früher. Er war auch nicht auf ihrer Beerdigung gewesen, erinnere ich mich. Ich muss aber noch mehr tun, einen Schubs in die richtige Richtung braucht er noch.

»Das mit der Sauna ist echt super«, sage ich. »So was hätte ich auch gerne.«

Es wirkt; er sieht mich von der Seite an, und ich huldige mit offenem Mund der Sauna, so sehr beeindruckt sie mich.

»Schaugst einfach runter«, sagt er. »Wart schnell, i sperr auf.«

Im Haus ist es dunkel, wie früher, aber es stinkt nicht

mehr so. Dunkel wird es immer sein, weil es nicht genug Fenster gibt. Ob meine Urgroßmutter sich das damals so ausgesucht hat? Damit niemand sehen konnte, wie meine Großmutter Hanne, die schöne Sängerin, blass und krank, immer weniger, immer trauriger, den ganzen Tag im Nachthemd, irgendwann verschwand? Nichts für die Nachbarn. Die Notiz im Lokalblatt über den Tod war auch ziemlich klein.

Während er mir die Glastür zum Keller aufsperrt, sagt er meinen Namen.

»Nimmst, wast brauchst. Des wollt sie a ois mitnehma, damals, aber des woa ja vui z' vui.«

Dann eine kleine Pause.

»Marie, geh.«

Als ich zwanzig Minuten später wieder hochkomme, Staub in den Haaren und eine Tüte mit Sachen in der Hand, sitzt er auf einem seiner Stühle, vor sich auf dem Tisch ein Weißbier, sogar im richtigen Glas. Er hat freie Sicht auf den seeblauen Himmel und den Hügel, und eigentlich ist es hier schön. Jetzt, nach der Teufelsaustreibung.

Ich stelle mich zu ihm, sage danke und dass ich etwas gefunden habe, aber er will gar nichts wissen.

»Magst an Schnaps?«

Ich überlege kurz, weil ich eigentlich nie Nein sage, wenn mir jemand Alkohol anbietet, aber betrunken will ich nicht zurück durch den Wald. Ich will also Nein sagen, da hat er schon hinter sich gegriffen und eine Flasche Schnaps und zwei kleine Gläschen hervorgeholt. Neben dem weißen Gartentisch steht ein Beistelltisch, wie für eine große Gesellschaft.

»Alte Pflaume«, sagt er, zeigt die feine Flasche, und da kann ich wirklich nicht mehr Nein sagen.

Die Gläschen sind aufwendig geschliffen und mit verschiedenen Ereignissen des Schützenvereins bedruckt: *Turnier 2004* steht auf seinem. Meines hat einen goldenen Rand: *Freischützenmeister 2006*. Er hat gewonnen, und ich darf die alte Pflaume daraus trinken. Das rührt mich.

Er trinkt in einem Zug, ich lasse mir Zeit. Der Schnaps ist köstlich, das sage ich ihm auch.

»Den brennt der Karl selbst auf seim Hof.«

Als ob ich wissen müsste, wer der Karl ist, nicke ich.

»Woaßt, wo die Großmuatta am liebsten saß? Des zoag i dir. Des hats nur gmacht, wenn Alma weg war, in der Stadt oderaso.«

Er schenkt sich noch einen ein und zeigt mit der Hand über den Hügel, da wo die Baumlinie aufhört.

»Da geht a Weg entlang, da kimmt glei a Bank, siehgst sofort. Da is gsessen. Hat g'hofft, glab i, die hat scho no g'hofft.«

Er lässt die Hand sinken, die Flasche auf den Knien.

»Da is auch gsessn, mit eam no, bevora weg is. Des woaß i no. Da sans da zamm gsessn, i woa ganz kloa, no ned lang da. Sechse woa i, glab i. Wart schnell …«

Er überlegt, dafür braucht er noch einen Schnaps, zählt an den Fingern ab. Inzwischen verschwindet die Sonne fast hinter den Tannen. Es wird kühl werden auf dem Heimweg.

»Mei Vatta is gstorbm nachm Kriag, neinavierzge, und

mei Muatta zworafuchzge. I bin fuchzge g'born, ja, des kimmt hi.«

Er trinkt den Schnaps aus, hält die Flasche mit der anderen Hand fest. Der Alkohol brennt meine Speiseröhre hinab, bis in den Magen. Ich lecke mir über die Zähne.

»Da sans gsessn, und am nächsten Morgn wara weg. Mit oi seim Zeig.«

Wo ist eigentlich der Dackel?, frage ich mich. Ich sehe mich im Garten um, den gibt es wohl auch nicht mehr, das Mistvieh. Da fällt mir Gertrud ein, mit ihren Riesenhunden, wie sie jetzt in der Morgensonne auf ihrem Sofa döst, während unten auf der Straße die Geschäfte aufmachen.

»Dei Muatta war no ned geborn«, sagt er. »Aber schwanger wars, des hat sie eahm ned gsagt.«

Ich beginne zu frösteln, sitze auf meinen Händen und starre in die Ferne zum Wald.

»Mogst no oan?«

Wir sehen uns in die Augen, der mit seinem kleinen Schnauzbart und den schlechten Zähnen erzählt mir jetzt, wo mein Großvater rumsaß. Klar will ich noch einen.

»Oana geht scho no«, sage ich und schiebe mein Schützenvereinsgläschen am Sonnenschirm vorbei.

*

Dann doch der Scheißfriedhof. Es tut mir zwar irgendwie leid, aber es geht nicht anders, kurz muss ich da wenigstens hin. Zusammen mit den Notizbüchern habe ich von Gertrud Briefe bekommen. Von meinem Großvater an Aaron und von meinem Großvater an meine Großmutter. Briefe, die nicht angekommen sind, sondern zurückgeschickt wurden nach Brooklyn zu Gertrud, weil mein Großvater das als seine offizielle Anschrift benutzt hat. Ich habe noch nicht viel davon gelesen, weil es mich ja auch nichts angeht und ich Respekt habe vor dem weißen, knittrigen Papier.

Am Morgen bitte ich Lisa mitzukommen zu dem Friedhof, weil ich glaube, dass sie für so was genau die Richtige ist. Und weil sie das so gut gemacht hat mit dem Hausmeister. Ihr neuer Liebhaber schläft noch, als wir uns in der Küche treffen, so wie einst Jakob. Nur ihrer schläft bei offener Türe, nackt; das macht dem gar nichts.

Lisa sitzt auf der Küchenbank, zeigt mit dem Kopf in Richtung ihres Zimmers.

»Stört dich der?«

Ich muss lachen und stehe auf, um die Blumen auf unserem Balkon zu gießen, aber Lisa meint es ernst.

»Das muss auch nicht sein, also wenn der dich stört.«

Ich drehe mich um und sage: »Das ist doch Unsinn! Wenn du ihn gern hast?«

Lisa zuckt mit den Schultern.

»Eine Unterhose kann er sich ja vielleicht anziehen, wenn er in die Küche kommt«, meine ich.

Das hat er nämlich die letzten Tage nicht gemacht. Lisa kratzt Wachs von unserem Küchentisch.

»Wie findest du ihn denn so?«

Da stelle ich die Kanne weg und stemme die Arme in die

Seiten. Wie kann das denn sein?, frage ich mich, dass Lisa mal bei irgendwas nicht Bescheid weiß. Sie guckt mich an, den Kopf auf den nackten Knien. Das Gesicht, die weiße, durchscheinende Haut mit den feinen blauen Adern darunter.

»Ich weiß doch nichts über ihn«, sage ich. »Ich kenne den ja nicht mal mit Klamotten.«

»Ich auch nicht«, sagt Lisa, und da muss ich lachen, und sie natürlich auch, und in dem Moment hören wir, wie der Liebhaber vom Bett gleitet und ins Bad geht. Lisa presst die Lippen aufeinander.

»Vielleicht kann er uns sein Auto leihen, um raus zur Kirche zu kommen«, sage ich.

Auf der Straße vor unserem Fenster geht eine Schulklasse laut brüllend zu einem Ausflug, wie ein Bienenschwarm, dann ist es wieder still. Lisa nickt, lauscht aber auf den Liebhaber, und ich lege ihr die Hand auf die Backe.

»Das wird schon«, sage ich. »Gib dem Mann doch ein paar Tage.«

Lisa hat den Liebhaber in einem Tattoo-Studio kennengelernt. Dort hat sie gefilmt, tagelang. Weil sie schon immer ein Tattoo wollte, sich aber nie getraut hat, hat sie die Leute gefilmt, die dort arbeiten. Und der Liebhaber, dem gehört das Tätowiergeschäft. Er ist auch selbst vollkommen tätowiert. Überall gibt's was zu gucken an ihm, auch für mich, konnte gar nicht anders, aber das weiß der auch. Und so gesehen hat er ja auch irgendwie etwas an. Er ist groß, weshalb Lisa immer etwas verunsichert zu ihm aufsieht, und er hat einen Bart. Der Schauspieler letztes Jahr war klein und schmächtig, so wie Nicolas, und hatte immer ein Problem; auch so wie Nicolas. Doch dieser Liebhaber hier, denke ich, während er im Bad die Klospülung drückt und der Wasserhahn angeht, der ist anders.

»Hm«, sagt Lisa und rührt im Kaffee, als der Liebhaber hereinkommt. Diesmal mit Jeans, aber offen. Er drückt sich neben Lisa auf die Bank und streichelt ihr mit einer großen tätowierten Hand bärig über die blonden Haare. Lisa wird ganz klein neben ihm, und ihre Wangen rosig.

»Dürfen wir vielleicht dein Auto leihen?«

Der Liebhaber nickt, »muss nur in Laden, kann laufen«, sagt er.

Ich mache ihm schnell einen Espresso zum Dank, den er in einem Zug austrinkt und sich dann verabschiedet. Unsere brüchige Tür fällt ins Schloss, ich stelle mir vor, wie Lisa ihn mit ins Heckenviertel zu ihren Eltern mitnimmt. Nach dem Golfturnier, zum Kaffee zum Beispiel, säßen sie dann da.

»Ich mag ihn«, sage ich zu Lisa, bevor wir losfahren.

Es ist noch ein bisschen heißer geworden, und in dem Auto stinkt es nach altem Essen. Lisa trägt ein langes T-Shirt, ebenfalls Besitz des Liebhabers. Es reicht ihr fast nicht über den blassen Po. Dazu eine riesige schwarze Sonnenbrille.

Wir sind bei der Kirche am Ende einer Straße angekommen. Wir parken auf einem platten Stück Wiese, Lisa streckt sich. Lisa hat für mich ein kleines Täschchen gepackt, das sie sich jetzt mit gehobenem Zeigefinger umhängt. Schäufelchen und Plastiksack. Ich bin noch unsicher. Sie müssen irgendwie zusammen sein, meine Großeltern, das ist das Einzige, was ich weiß.

»Pass auf«, sagt sie, »das machen wir schon.«

Wir laufen durch das schmiedeeiserne Törchen, eine alte Frau fegt vor dem Pfarrhaus und hört natürlich auf damit, als sie uns sieht. »Grüß Gott«, sagt Lisa laut. Hinter der Kirche, ganz im Eck, liegen sie, beide. Urgroßmutter Alma und Großmutter Hanne. Hanne zuerst, und ihre Mutter daneben, natürlich. Lisa nimmt das kleine Schäufelchen und den Gefrierbeutel. Es geht schnell, ein bisschen Erde in die Tüte, dann wieder in der Umhängetasche verschwinden lassen. Lisa schiebt die Sonnenbrille in ihr Haar und blinzelt über die Alpen. »Schön hier, eigentlich«, findet sie.

Ich zupfe ein paar lange Halme aus, so dass man Almas Namen wieder richtig lesen kann. Die Alte ist mit ihrem Besen um die Ecke gekommen und beobachtet uns.

»Komm«, sagt Lisa.

Als wir eine halbe Stunde später am Haus ankommen, hat sich der Himmel verdunkelt. Es gibt ein Wärmegewitter, sagt das Radio. Lisa probiert die Scheibenwischer aus, für die Autobahn später. Wir halten auf der Straßenseite gegenüber vom Haus, und ich nehme mir eine Zigarette aus dem Päckchen.

»Geht's?«

Ich sehe mich in dem Auto um. Zwischen Lisas Bikini, alten Brottüten, leeren Bierdosen und CDs angle ich nach meinen Sachen. Die Urne klemme ich unter den Arm wie eine Melone, und Lisa umfasst mein Handgelenk, das ich auf dem Beifahrersitz abgestützt habe.

»Dauert nicht lange«, sage ich.

»Komm wieder, wenn du fertig bist. Oder wenn's blitzt, bitte.«

Sie lächelt, und ich bin froh, dass sie mich gefahren hat und dass wir später auf dem Balkon einen trinken können, wenn der Spuk vorbei ist. Genauso wie ich froh bin, dass sie damals mit drei Dosen Whisky-Cola am Spielplatz auf mich gewartet hat, am Tag, als meine Mutter den Entzug begonnen hat, denn damals war der Spuk noch nicht vorbei, da war nur Auszeit.

Ich hatte kein Auto, als Lisa mit siebzehn aus der Villa ihrer Eltern auszog. Wir mussten ihre Sachen in der U-Bahn transportieren. Ihre Mutter war extra nicht zu Hause gewesen, weil sie meinte, das könne Lisa ja selbst regeln, wenn sie sich schon gegen ihre liebenden Eltern stellen müsse. Also half uns die Haushälterin Rosanna. Und die weinte die ganze Zeit, weil sie die Lisa kannte, seit sie ein kleines Mädchen war. Lisa nahm Rosanna fest in den Arm, und dann brachten wir ihr Zeug in die Wohnung ihres Bruders. Da gab's dann Bier und ein breites Grinsen und »Du hast es ja ganz schön lange ausgehalten im Museum, Respekt.« Am Abend, als ich heim zu meinem Vater lief, neidisch, da Lisa jetzt alleine wohnen konnte, machte sie ihr Fenster auf und schrie durch die ganze Straße:

»Marie! Danke!«

Ich gehe am Haus vorbei, geduckt, obwohl ich im Internet nachgesehen habe: Heute ist im Schützenverein Stammtisch, er ist sicher nicht da, aber trotzdem.

Die Wiese ist steil, und dann lauert der Wald, wie ein dunkles Tier. Der Himmel ist schon lila und hängt tief vor regenschweren Wolken. Ich gehe den erdigen Pfad am Waldrand entlang, lasse das Haus ein paar hundert Meter hinter mir, dann macht der Weg eine Kurve. Vor mir Felder, braun, klumpig, der Boden wird uneben. Tatsächlich kommt da gleich die Bank. Nur aus drei großen Latten besteht sie und ist so tief, dass man eigentlich am Boden sitzt, mit dem Po im hohen Gras, fast auf dem nadligen Waldboden. Ich stelle alles ab und rieche das Gewitter, höre Vogelgezwitscher.

»So«, sage ich zu mir selber. »Hallo zusammen.«

Ich denke, dann ist das eben so. Die Träume, so wie die Partys, die hören einfach irgendwann auf. Meine Mutter hat geglaubt, sie kann es so machen wie mein Großvater: Alles gleichzeitig haben, aber das ging nicht. Wäre Alma noch ein bisschen älter geworden, hätte ich sie gefragt: »Warum hasst du sie alle? Warum sind alle Männer böse, und warum wollen einem alle nur das Schlechteste? Du hast mir das doch beigebracht! Und deine Tochter Hanne hat es geglaubt und ist vor Schreck und Unglück gestorben. Und meine Mutter hat es dir nicht geglaubt oder vielleicht ein bisschen. Sie wusste nicht, wem sie glauben sollte, sie war verzweifelt. Weißt du das? Wie verzweifelt sie war? Ich hatte ja noch Paris.«

Und sie würde mit den Schultern zucken und sagen, »ach«. Und ich würde den Arm um sie legen und sagen: »Ist ja jetzt auch egal, du bist tot, die Hanne ist tot, mein Großvater ist tot, meine Mutter hast du gequält, ist jetzt alles Schnee von gestern.« Und meine Urgroßmutter würde sagen, »wir haben in Böhmen gewohnt, vor dem Krieg, in diesem kleinen Dorf, und wir hatten nichts, und dann kam der Hitler, und da dachte ich, es wird alles gut, aber nichts wurde gut, also sind wir weg.«

»Hm«, würde ich antworten, »das wäre doch ein Grund, den Hitler zu hassen und nicht alle Männer.« Und dann würde sie abwinken. »Ich hatte ja meinen Mann, den Heinrich, der war gut, der war ein guter Mann, auch arisch, ist dann aber gefallen. So wie alle guten Männer.« Ja, sie würde nicken, ganz schnell, mit ihrer alten und seidigen Haut am Hals.

Ein bisschen zupfen könnte ich an ihrem Handgelenk, die kleinen Fältchen streicheln. Heute würde sie kein Feuer spucken.

Die Guten sind gefallen, die Schlechten hat der Krieg übrig gelassen. Das habe ich tatsächlich einmal gelesen, vorne drin in einem Buch, in ihrer Handschrift. Damals wusste ich nicht, was sie meinte. Jetzt, hier am Waldrand, macht es aber Sinn.

»Mein Heinrich war tot, ich habe mich versteckt, und dann kamen endlich die Russen, und ich dachte, jetzt wird alles gut. Aber Männer sind Schweine. Alle.«

Ich lehne mich bei ihr an, so genau will ich es dann doch

nicht wissen, so genau weiß sie es wahrscheinlich selber nicht mehr. Die Luft wird stickig, Mücken surren schon um meinen Kopf. Sie ist wieder weg, also packe ich die Urne aus und das Gefriertütchen mit Hannes Erde, unter der sie seit fast vierzig Jahren liegt. Er wusste es nicht, sie hatte es ihm nicht gesagt, na gut. Ein Verbrecher also, oder ein Lügner, wer weiß. Ich schraube die Urne auf, die aussieht wie ein Cocktailshaker, und da muss ich lächeln. Mit Lisas Schäufelchen mische ich die Erde zu der Asche und schraube wieder zu. *Nie einen Drink mit Schirmchen bestellen, alles mit Sahne ist auch verboten. Klar müssen sie sein, die Drinks.* Wenn mein Großvater trank, ließ er den Schluck Wodka mit Tonic ganz langsam in den Mund gleiten, schluckte, und die große Falte hob und senkte sich an seinem Kehlkopf, dann schob er seine Unterlippe vor, und seine Augen blitzten. Ich hatte mir alles gemerkt, damals, mit offenem Mund.

»Nimm dir, was du willst, Marie«, hatte er gesagt. »Und lass dir nichts erzählen.«

Meine Welt, die Flure, das Hotel, meine Flucht aus dem Hier und Jetzt hat mich gehalten wie in einer Endlosschleife.

Jakob und ich auf der Party, Nicolas und ich auf dem Sofa, Jakob und ich in dem Restaurant, die Austern zwischen uns, Nicolas und ich in der Badewanne mit Klamotten, *me and my wife we might get back together,* du Arschloch. Kein Moment für die Ewigkeit, wirklich keiner. Aber vielleicht läuft es so auch nicht: erste Küsse in tollen Hotels mit Unbekannten, und Geheimnisse am Ende der Welt. Kein Mensch weiß, wie es läuft, und in meiner Familie erst recht nicht. Ich öffne den Cocktailshaker und verteile ein bisschen Asche um die Bank. Die Luft steht, gleich zerreißt es die Wolken, denke ich, noch halten sie den Atem an. Ich zünde die Zigarette an, die Lisa, die Treue, die im Auto wartet und vielleicht etwas filmt, denn dafür liebe ich sie, dass sie aus jedem Moment etwas Gutes machen kann, mir gegeben hat. Ich lege einen noch verschlossenen Brief neben mich auf die Bank, von meinem Großvater an Hanne. Gelesen habe ich ihn nicht, er geht mich ja auch nichts an.

Ich habe noch einen Brief dabei, einen von Aaron an meinen Großvater, den habe ich nur mitgenommen, weil er an eine Pariser Adresse ging. Der ist natürlich offen, mein Großvater hat ihn gelesen, in Paris wohl? Das Hotel ist inzwischen geschlossen, also in meinem Kopf jedenfalls. Aarons Schrift ist sehr ordentlich und fast flach, er schreibt auf Deutsch.

Mein guter Freund und so weiter. Er ist bereits in New York, schreibt er, die Kälte sei kaum zu ertragen, aber er habe einen Laden gefunden, zwar in Brooklyn, aber in einer schönen Gegend. Das ist die Zukunft, Benjamin, schreibt er.

Ich überfliege ein paar Zeilen. Das Gewitter kommt näher. Wie es Benjamin geht, will Aaron in dem Brief wissen. *Wahrscheinlich sitzt Du in Paris im Park,* vermutet er. *Fütterst Du die Tauben mit der Schokolade, die Du nicht magst, aber immer aus den Cafés klaust? Wann kommst Du zurück nach New York?*

Ich sehe auf, weil es donnert, zwar nur wie ein entferntes Räuspern, aber trotzdem. Den Rest überfliege ich bloß, drehe das dünne Papier, herausgerissen aus einem großen Heft, so sieht es jedenfalls aus, in der Hand um. Nur die letzten Zeilen lese ich noch: *Was mich doch interessiert, Benjamin, was passierte mit jener jungen Dame am Abend im Hotel, bevor ich abreiste am frühen nächsten Morgen? Es tut mir doch sehr leid, dass ich das schöne Geschöpf nicht noch einmal sehen konnte.* Mit *mein guter Freund* beendet er den Brief, ebenso wie er ihn angefangen hat.

Diese Dame, das könnte ja jede sein, denke ich.

Ich stehe auf, leere die Urne ganz aus. Ich sehe den Blitz über den Feldern und höre Lisa im Auto des Liebhabers hupen. Und in dem Moment, als ich die Augen schließe und der erste schwere Regentropfen auf den Baum über mir fällt, öffnet sich wieder die Schwingtür mit den goldenen Griffen. Der Barkeeper steht da, wo er hingehört, den Shaker in beiden Händen neben dem Ohr. Menschen kommen herein, nass geworden vom plötzlichen Gewitter auf den Straßen von Paris, unter ihnen natürlich Catherine. Am Zigarettenautomaten steht Aaron, er nimmt die Gitanes in Maispapier, und in der Ecke am runden Tisch sitzt mein Großvater, der Catherine sofort erkennt. Das sind Momente, denkt selbst er, die kommen nicht oft vor.

Ich renne zurück zum Auto, nehme nicht den Pfad, der zum Rinnsal geworden ist, sondern laufe die Wiese runter. Das Gras ist feucht, und meine Schenkel sofort auch, weil die Halme drankleben. Ich renne und renne querfeldein, stolpere fast, glitsche über nasse Blütenblätter. Lisa hat schon die Lichter an, so sehr hat sich alles zusammengezogen um uns. Die dicken lila Wolken kesseln das Tal ein, werden vom Wind über die Berge gedrückt. Und während die schweren Tropfen auf mich herunterprasseln, kann ich gar nichts dagegen machen, dass ich trotzdem daran glaube: Paris, Catherine, die große Liebe, Fluch und Gespenster. Dass alles genau so war.

Danksagung

Vielen Dank an die Leitung und die Teilnehmer des textwerk-Seminars im Literaturhaus München.
Ein besonderer Dank auch an Dr. Josef Denz für die Hilfe bei den bayerischen Textstellen.

FSC www.fsc.org MIX Papier aus verantwortungsvollen Quellen FSC® C014496

Verlagsgruppe Random House FSC-DEU-0100
Das für dieses Buch verwendete
FSC®-zertifizierte Papier *Munken Premium*
liefert Arctic Paper Munkedals AB, Schweden.

1. Auflage
Copyright © 2011 by btb Verlag
in der Verlagsgruppe Random House GmbH, München
Copyright © Katharina Eyssen
Satz: Uhl + Massopust, Aalen
Druck und Einband: GGP Media GmbH, Pößneck
Printed in Germany
ISBN 978-3-442-75281-2

Besuchen Sie unseren LiteraturBlog www.transatlantik.de

www.btb-verlag.de